Horst Grabosch

Der Seele auf der Spur

AF284035

Horst Grabosch

Der Seele auf der Spur

Roman

Impressum

Bibliografische Information der Deutschen Nationalbibliothek:
Die Deutsche Nationalbibliothek verzeichnet diese
Publikation in der Deutschen Nationalbibliografie;
detaillierte bibliografische Daten sind im Internet
über http://dnb.dnb.de abrufbar.

Herstellung und Verlag:
BoD – Books on Demand, Norderstedt

ISBN: 9783755778875

BODO SCHILLING - GANZHEITLICHE LEBENSBERATUNG

Das Telefon klingelte. Ein Klingelton aus alten Zeiten. Bodo hasste die angesagten Klingeltöne. Er hatte einige ausprobiert, aber sein Gehirn verband das Hörereignis nicht unmittelbar mit einem Anruf. Das nervte auf Dauer. Jetzt war es eindeutig. Jemand wollte tatsächlich mit ihm sprechen.

Bodo war 40 Jahre alt und hatte eine sehr ruhige Art. Ihn konnte so leicht nichts aus der Fassung bringen. Er besaß eine eingebaute Emotionsbremse, die ihn nach außen oft unbeteiligt erscheinen ließ. Bodo selbst empfand diese Bremse als angenehmen Schutzmechanismus, an dem er gar nichts ändern wollte.

Als das Telefon klingelte, verlor er jedoch kurz seine Fassung. Es war Vormittag und seine Frau Gudrun unterrichtete in der Schule. Genauer gesagt klingelte eines der beiden Telefone von Bodo und es war das falsche. Er telefonierte sowieso nicht besonders gern, aber gerade dieses Telefon hätte nicht klingeln sollen, denn er hatte die Rufnummer gerade erst eingerichtet, und eigentlich kannte sie noch gar keiner.

Er konnte sich nicht erinnern seine brandneue Visitenkarte bereits jemandem ausgehändigt zu haben. Es war eine sehr schlichte Karte auf dem nur sein Name, darunter die Tätigkeit ‚Ganzheitliche Lebensberatung' und diese neue Telefonnummer stand. Da Bodo sich nicht ganz sicher war, ob er der Aufgabe auch gewachsen war, wollte er keine zu hohen Erwartungen wecken. Er hasste Erwartungen aller Art.

Bodo meldete sich mit ‚Schilling' und war gespannt, wer denn am anderen Ende der Leitung etwas von ihm wollte.

„Sie können mich Alexis nennen, ich bräuchte Ihre Beratung", sagte eine männliche Stimme.

„Wie ist denn ihr vollständiger Name?"

„Das spielt keine Rolle, denn ich zahle jede Sitzung bar."

Zwar war er im Geiste bereits einige Erstgespräche durchgegangen, aber so ein rätselhafter Klient kam in seiner Fantasie nicht vor.

„Woher kennen Sie denn diese Nummer?". Bodo hoffte inständig, dass es eine einfache Antwort gäbe. Daher war er erleichtert, dass die Antwort nachvollziehbar war.

„Ihre Frau hat mir Ihre Karte gegeben."

Gudrun hatte ein paar Visitenkarten druckfrisch in Ihre Geldbörse gesteckt, weil sie immer spontan und pragmatisch handelte. Die Antwort hatte ihn so erleichtert, dass Bodo ganz den Faden seiner ausgedachten Erstgesprächsvorlagen verlor. Glücklicherweise übernahm Alexis das Ruder.

„Natürlich rufe ich Sie nicht unvorbereitet an. Ihre Frau hat mir zwar sehr kurz, aber doch aussagekräftig etwas von Ihrer Natur erzählt. Die erschien mir passend für die Aufgabe. Ihre Frau kann sehr unaufgeregt und undramatisch den Kern einer Sache treffen."

‚Oh ja, das kann Gudrun', dachte Bodo und schwenkte ins Praktische um. Details zum Auftrag wollte er auf keinen Fall am Telefon klären und schlug vor, einen Termin für die erste Sitzung festzulegen. Offensichtlich war Alexis auch kein Freund von langen Telefonaten und so vereinbarten sie einen Termin in der nächsten Woche.

Obwohl Überraschungen in Bodo's Leben durchaus vorkamen, brachten sie ihn immer wieder kurzzeitig in einen unangenehmen Erregungszustand. Der erste Klient! Nachdem er sich wieder beruhigt hatte, freute er sich aber auf die Aufgabe.

■■

GUDRUN SCHILLING - LEHRERIN

Gudrun war drei Jahre älter als Bodo. Sie hatte ein unscheinbares, aber attraktives Äußeres. Bodo hatte sie auf einer Demonstration in ihrem Wohnort, einer Kleinstadt am Alpenrand, kennengelernt. Gudrun nahm daran teil, weil die Demo von Schülern der Schulen organisiert worden war, und sie Lehrerin am Gymnasium war. Es war eine ‚Fridays for Future'-Veranstaltung. Bodo wollte mit seiner Teilnahme Solidarität für die Sorgen der Jugend signalisieren. Er hatte zwar eine ironische Ader, die aber auf einem grundsätzlich freundlichen Fundament ruhte. Beide waren etwa 180 cm groß, gingen nebeneinander und schauten sich zwangsläufig hin und wieder direkt in die Augen.

Auch Bodo war ein attraktiver Mann und so sprang der Funke bei den zunächst unverbindlichen Blicken schnell über. Es entzündete sich ein Smalltalk über Solidarität und das Verständnis für die Belange der nächsten Generationen. Es wurde schnell offensichtlich, dass sich zwei Seelen gefunden hatten. Beide hatten etwas Unaufgeregtes, auch wenn Bodo der lebhaftere von beiden war. Aber genau das gefiel Gudrun, die zurückhaltender war.

Das Eis war endgültig gebrochen als Bodo die Parole der Demo ‚Wir sind hier, wir sind laut, weil ihr uns die Zukunft klaut' in die ironische Version ‚Wir sind hier, wir sind alt, uns ist es noch viel zu kalt' umdichtete. Diese ironische Facette fehlte Gudrun noch in ihrem Leben.

Die Demo war gegen Mittag zu Ende und Bodo lud Gudrun zum Essen ein. Der Rest der Geschichte verlief in einem gemäßigten aber sehr zielgerichteten Tempo, wie es den gleich schwingenden Charakteren entsprach. Ein Jahr später heirateten sie. Es gab nie große Pläne, Zerwürfnisse, oder andere dramatische Ereignisse in der Partnerschaft, aber es war auch nicht langweilig. Die Interessen waren durchaus unterschiedlich, aber man ließ sich respektvoll Raum für die persönlichen Bedürfnisse. Der Kitt der Ehe bestand in Humor, der sich zwar unterschiedlich artikulierte, aber aufkommende Kontroversen schnell im Keim erstickte.

Oft sind dramatische Vorkommnisse im Berufsleben Auslöser für familiäre Konflikte. Bodo erlebte aber keine, weil er nie irgendwo länger als nötig arbeitete, und Gudrun konnte im Schulalltag auf unnachahmliche Weise jede Woge glätten. Die Schüler nannten sie ‚Teflon', weil alles an ihr abzuperlen schien. Dabei war sie durchaus beliebt, denn sie unterrichtete mit Hingabe und setzte sich jederzeit für die Belange der Schüler ein. Dabei ließ sie aber keine persönliche Nähe zu, die zu Übergriffen eingeladen hätten.

Ihr grundsätzliches Verhalten änderte sich auch nicht im örtlichen Kunstverein oder im Privatleben. Dabei gelang es ihr trotzdem Wärme und Empathie zu verbreiten. Bodo und Gudrun hatten ein erfülltes Sexualleben, das ein durchaus erstrebenswertes Mittelmaß hatte. Überhaupt erreichten die Eheleute in allen Belangen eine Art von Mittelmaß, das bei näherem Hinsehen zwar genug Raum für emotionale Ausschläge bot, aber immer ausgleichend wirkte.

■ ■

ERSTE E-MAIL VON ALEXIS

Zwei Tage vor der ersten Sitzung rief Alexis noch einmal an und bat um die E-Mail-Adresse von Bodo. Er sagte, dass er keine Zeit in den Sitzungen vergeuden wolle, weil er befürchte, dass es später noch sehr zeitaufwändig werden würde, wenn sie zum Kern des Problems kämen. Das war Bodo durchaus recht. Eine Vorabinformation würde ihm sicherlich etwas mehr Sicherheit für seine erste Sitzung mit einem Klienten geben. Ein paar Minuten später lag die Mail bereits im Postfach.

Hallo Herr Schilling,

hier ein auf den Anlass zugeschnittener Lebenslauf mit den wichtigsten Informationen, die Sie für den Anfang brauchen. Ich bin auch im Internet vertreten, wenn Sie noch mehr über mich wissen wollen. Sie können gern recherchieren.

Ich beschreibe hier den Anlass meiner Spurensuche in Bezug auf die Seele. Ich bin Vertreter des deut-

schen Mittelstandes und nicht repräsentativ für viele andere Menschen. Wenn man aber weiß, wo eine Spur beginnt und endet, kann man die Gedanken auf dem Weg sicher auch in anderen Lebensumständen nachvollziehen.

Vor Kurzem konnte ich Rentenansprüche geltend machen. Der Volksmund sagt ja überspitzt, dass Rentner gar keine Zeit mehr haben, und manchmal stimmt das auch. Am besten ist das Phänomen an einem Lebenslauf zu erklären und weil ich meinen am besten kenne, nehme ich den als Beispiel.

Mit 15 Jahren verdiente ich mein erstes Geld als Trompeter und Eisenflechter. Ich kaufte dafür für ein Klavier, das meine Eltern nicht so einfach finanzieren konnten, ohne eigene Bedürfnisse zu vernachlässigen. Von da an setzte sich die Notwendigkeit des Geldverdienstes bis zur Rente fort, wie es fast allen geläufig ist. Du wirst auch die schmerzlichen Begleitumstände kennen, wenn die Erwerbsarbeit nicht den eigenen Vorstellungen eines selbstbestimmten Lebens entspricht. Leider ist das der Normalfall. Später mehr darüber.

Jedenfalls sammelt sich eine Menge Seelenmüll an, der während des Überlebenskampfes teilweise gar nicht mehr wahrgenommen, oder in Kompensationsorgien wie Kaufrausch, Feierwahn und andere Entspannungssurrogate überlagert wird. Wenn die Rente entsprechend hoch ist, machen viele bis zum Tod auch so weiter. Dieses Verhalten hat viele Varianten und es ist nicht auszuschließen, dass einige so auch klaglos sterben. Bei denen dürfte es aber wohl eher ein Hügel sein, der von der Seele noch akzeptiert wird. Bei einigen Menschen ist es aber ein Hochgebirge aus Seelenmüll.

So war es bei mir, obwohl ich bis zum 40. Lebensjahr Musiker war, was allgemein als ein Traumberuf angesehen wird. Nun steckt der Teufel allerdings bekanntlich im Detail. Was nützt dir beispielsweise ein Traumberuf, wenn du bei einer Firma arbeitest, die das Wohl ihrer Mitarbeiter nicht im Geringsten interessiert? Es gibt hunderte andere Gründe unglücklich in seinem Berufsleben zu sein. Leider verschlingt die Erwerbstätigkeit in der Regel die überwiegende Lebenszeit.

Jetzt bist du nach 40 oder mehr Arbeitsjahren plötzlich frei. Etliche Stunden am Tag stehen zur freien Verfügung. Einige verzweifeln an dieser Situation und werden sogar depressiv. Andere stürzen sich in Tätigkeiten, die sie ‚immer schon machen wollten‘. Das sind genau die, die jetzt gar keine Zeit mehr haben, weil das Lebensende ziemlich nah ist. Es sind aber auch diejenigen, die zumindest noch wissen, ‚was sie immer schon machen wollten‘. Bei einigen ist der Seelenmüllberg jedoch so hoch, dass sie sich gar nicht mehr erinnern, was sie eigentlich einmal machen wollten. Oder wussten sie es vielleicht nie?

Aufgrund von verschiedenen unglücklichen Umständen musste ich meinen Traumberuf im Alter von 40 Jahren mit einem fulminanten Burnout und nachhaltigen Schäden aufgeben. Dadurch war ich damals bereits gezwungen, über die Frage nach dem ‚richtigen' Beruf für mich nachzudenken. Der Beruf des Musikers schien es jedenfalls nicht zu sein, denn so ein Zusammenbruch hat viele Gründe, und einer davon ist die falsche Wahl des Berufes. Auch wenn es bei mir nicht so ganz eindeutig war, überkam mich eine Wut auf diesen Beruf, ja sogar auf die Musik selbst. Ich hörte fast 20 Jahre fast keine Musik mehr.

Ich machte dann eine Ausbildung zum Informationstechnologen und übte diesen Beruf inklusive einem zweiten Burnout bis zur Rente aus. Offensichtlich war es nicht der Beruf an sich, der mein Problem war, aber was war es dann?

Nach 20 Jahren als Informationstechnologe hatte ich mich mit der Musik wieder versöhnt und auch wenn ich kein Instrument mehr spielen konnte, dachte ich etwa drei Jahre vor Renteneintritt darüber nach, ob vielleicht die Produktion von elektronischer Musik eine geeignete Beschäftigung im sogenannten Ruhestand wäre. Der Pragmatiker in mir sagte, dass das eine ideale Kombination aus den Kenntnissen beider Berufe sei. Ich fing dann auch gleich damit an. Die 3 Jahre bis zum Renteneintritt sollten meine Testzeit sein, damit ich nicht wieder etwas machte, was mich nicht glücklich machte.

Manche Menschen können offensichtlich glücklich mit einem Hobby sein, ohne die beglückenden Momente mit irgendeinem anderen Menschen zu teilen. Mir war jedoch bereits bei der Produktion des ersten Songs klar, dass ich mich nach einem Publikum für meine Schöpfungen sehnte. Diese Sehnsucht sehe ich bei den meisten Künstlern, die ich in großer Zahl kenne. Dabei entdeckte ich auch einen Unterschied zwischen dem Wunsch nach finanziellem Erfolg und der Sehnsucht nach der emotionalen Verbindung zu einem Publikum. Das lässt sich eigentlich nur trennen, wenn man nicht auf Gewinne aus der Kunst angewiesen ist, und selbst dann ist finanzielle Anerkennung durchaus willkommen.

Schnell wurde mir bewusst, dass ich mich mit der Musikproduktion als Beschäftigung im Ruhestand in einem Dilemma befand. Die Arbeit an der Musik bereitete mir Freude und die Ergebnisse stellten mich zufrieden. Das notwendige Marketing, um ein Publikum zu erreichen, erwies sich jedoch als schwere Last. Nach den drei Jahren Testzeit und etwa 100 produzierten Musiktiteln konnte ich nun ein erstes Fazit ziehen.

Erfreulicherweise blieb die Musik vollkommen frei von Marketingeinflüssen, also Bemühungen die Musik an einen Publikumsgeschmack anzupassen. Beim Marketing stieß ich aber immer wieder auf Dinge, die mir extrem unangenehm waren. Das ist zwar für einen

Künstler nicht ungewöhnlich, aber diese Unannehmlichkeit ging weit über das übliche Maß hinaus. Mein Gefühl sagte mir, dass ich genau hier den Schmerzpunkt berührte, der mir zwei Berufe letztlich zur seelischen Hölle gemacht hatte. Ein objektiv erträglicher Aufwand wuchs zu einer grenzenlosen Überforderung für die Seele an. Allerdings konnte ich mit dem Wort Seele nichts anfangen, obwohl ich sie schmerzhaft spürte. Mir war dann klar, dass ich immer wieder in das gleiche Dilemma laufen würde, egal was ich machte.

Also machte ich mich auf die Suche.

Bodo war geschockt. Er hatte sich seine Lebensberatung anders vorgestellt. Etwas kleiner dimensioniert und mit alltäglichen Tipps und Tricks, die er aus seiner eigenen Lebenserfahrung kannte, und die sein Leben immer in relativ problemlosen Bahnen gehalten hatten. Das hier schrie ja förmlich nach einem Profi, einem Psychotherapeuten oder Psychiater. Und dann noch das Thema Seele. Über die Seele hatte er sich nie Gedanken gemacht. Es reichte ihm, wenn er die Seele spüren konnte. In der Kunst oder in der Seelenverwandtschaft zu seiner Gudrun. Einen Moment überlegte er, ob er die Sache nicht abblasen sollte, aber das war nicht der Stil von Bodo Schilling. ‚Mach dich nicht verrückt und geh es einfach an, denn es kann ja eigentlich nichts passieren', dachte er. Deshalb verzichtete er auch auf die Recherche im

Internet. Er hätte auch gar nicht gewusst, wo er anfangen sollte. Er kannte ja nur den Namen Alexis, der
wahrscheinlich auch nur ein Pseudonym war.

ERSTE SITZUNG MIT ALEXIS

Alexis war ein kleiner Mann mit weißen Haaren und einem weißen Kinnbart. Seine freundliche und zurückhaltende Erscheinung machte Bodo Mut. Hinter getönten Brillengläsern fixierten ihn wache Augen. Ein Augenlid schien bereits von einem kleinen Schlaganfall gezeichnet worden zu sein. Die Brillentönung ließ mit der Zeit nach. Es handelte sich um Automatik-Gläser. Das fand Bodo irgendwie sympathisch, denn es signalisierte eine praktische Ader. Ein völlig abgedrehter Künstler wäre nicht sein Ding gewesen, aber auch die Kleidung war unauffällig normal. Dem Lebenslauf nach musste Alexis zwischen 60 und 70 Jahre alt sein. Das hätte Bodo auch ohne Vorkenntnisse geschätzt. Also schien alles im Bereich des Normalen zu sein. Das war beruhigend.

„Ich freue mich, Sie persönlich kennen zu lernen, Alexis", begrüßte ihn Bodo.

„Die Freude ist ganz meinerseits."

„Bitte folgen Sie mir ins Arbeitszimmer. Darf ich Ihnen etwas zu trinken anbieten?"

„Ein Kaffee wäre recht, wenn es keine Umstände macht."

„Ich habe bereits einen aufgebrüht, bitte nehmen Sie schon einmal Platz."

Alexis ließ sich in einem schwarzen, sehr bequemen Ledersessel nieder und schaute sich um, während Bodo den Kaffee holte. Es handelte sich um ein schlichtes Arbeitszimmer mit Schreibtisch und Besprechungsecke. An den Wänden hingen einige Kunstdrucke, die vornehmlich Gudrun ausgesucht hatte. Alles war geschmackvoll und unaufdringlich. Als Bodo mit dem Kaffee zurück kam, erwartete dieser unbewusst eine Smalltalk-Eröffnung von Alexis, wie ‚schön haben Sie es hier', oder so ähnlich. Doch Alexis sagte nur ‚danke', als Bodo ihm den Kaffee hinstellte. Smalltalk war also nicht die große Stärke von Alexis.

Also eröffnete Bodo das Gespräch mit einer Defensivaktion, die ihm am Herzen lag, um keine falschen Erwartungen zu wecken.

„Ich habe Ihre Mail aufmerksam gelesen und dachte spontan, dass ein Psychotherapeut oder ein Psychologe, oder auch ein Philosoph die passendere Wahl gewesen wäre".

Den Psychiater ließ Bodo bewusst weg, weil es irgendwie ein Irrenhaus implizierte. Alexis' Antwort kam wie ein rechter Haken auf das Ohr von Bodo.

„Den Therapeuten und die Psychiatrie habe ich bereits hinter mir."

„Oh, äh, entschuldigen Sie", stammelte Bodo.

„Alles gut, kein Problem. Nein, ich denke, Sie sind der Richtige. Wollen Sie das Geld für die Sitzung jetzt gleich haben? Wie viel war es noch einmal?"

Der nächste Haken von der anderen Seite. Bodo begann zu schwanken und setzte sich erst einmal schnell hin. Er könnte jetzt noch das Handtuch werfen, bevor ihn mit Sicherheit eine krachende Gerade treffen würde. Er hatte das Gefühl, dass diese Gerade selbst sein scheinbar stabiles Seelengebäude zum Wanken bringen könnte. War Alexis eine Art Schamane und war Bodo hier der Patient? Hatte etwa Gudrun Alexis engagiert, weil irgend etwas mit der Beziehung aus dem Ruder lief, was er selbst gar nicht bemerkt hatte. Ihm wurde wieder schwindelig.

Alexis hatte gemerkt, dass in Bodo pure Verzweiflung wütete und er sagte leise: „Ich bin etwas direkt, nicht wahr Herr Schilling. Verzeihen Sie mir, aber ich habe schon so viel Zeit vergeudet, und mein Leben währt nicht ewig. Ich habe ja schon bei unserem ersten Telefonat gesagt, dass Ihre Frau mir einiges von Ihnen erzählt hat. Wir sind alle drei Seelenverwandte und

Sie sind der Richtige! Sie merken es nur nicht, weil ich viele Jahre älter bin. Das ist bedeutend. Ihrer Seele steht noch der Geist im Weg, der Ihren Körper über die Runden bringen muss. Spätestens am Totenbett wird die Seele die Macht übernehmen, aber mit Ihrer Hilfe wird es uns beiden vielleicht früher gelingen."

Bodo starrte Alexis wortlos an, deshalb machte Alexis einfach weiter.

„Schauen Sie, Herr Schilling, ich kann mir ausmalen, wie Sie sich gerade fühlen, aber es ist immer so, wenn man der Seele einmal Raum eröffnet. Ihre Seele hat den Geist im Moment einmal beiseite geschoben und deshalb fehlen Ihnen jetzt die Worte. Die Seele kennt keine Sprache."

Jetzt war Bodo wieder bei sich.

„Wo ist denn eigentlich Ihr Problem? Sie fallen hier wie ein Schamane ein, der offensichtlich genau weiß wie Geist und Seele funktionieren, und lassen mir eine Blitzbehandlung zukommen." Das hatte Angriffspotenzial.

Alexis lenkte ein: „Ich weiß es eben nicht genau. Ich fühle es nur und Ihre Reaktion zeigt eine Wirkung, aber das ist kein Beweis. Mein Geist verlangt nach Beweisen. Diesem Drängen kann ich nichts entgegensetzen. Der Geist ist mächtig und die Seele ist zart. Wir können es nur zu zweit schaffen. Entweder wir finden den Beweis oder wir führen einen Indizienprozess. Würde ich jetzt dem Geist nachgeben, müsste ich bis zum Totenbett auf die Seele warten. Ich habe keine Lust mehr zu warten, Bodo. Hilf mir!"

Der Kampf war damit zu Ende und Bodo schaltete auf Kooperation um.

„Was ist denn mit den ganzen Menschen, die offensichtlich keine Probleme mit Geist und Seele haben, und sichtlich zufrieden leben. Wo also wahrscheinlich Geist und Seele im Einklang sind, Alexis? Ich meine, soweit es diesen Unterschied zwischen Geist und Seele wirklich gibt."

Sie waren abrupt ins Du gewechselt und agierten nun auf Augenhöhe.

„Ich habe natürlich einen Vorsprung vor dir, weil mich diese Frage schon seit ein paar Wochen beschäftigt, aber das ist schnell aufzuholen. Ich kann dir nur versichern, dass es Indizien gibt, die es nahelegen. Aber letztlich müssen wir das gemeinsam klären. Es war mir klar, dass ich niemanden finden würde, der ohne Not diese Reise mit mir antreten würde. Es ist ja immer etwas zu tun im alltäglichen Leben. Dann kam Gudrun mit deiner Visitenkarte und ich wusste, dass das eine Chance wäre. Das Geld ist mir egal. Du opferst deine Zeit und ich bezahle."

„Ich habe mir zwar den ersten Klienten etwas anders vorgestellt, aber ich habe schon so viel ausprobiert in meinem Leben, dass es eigentlich keinen Grund gibt, nicht darauf einzugehen. Wenn du mir noch etwas Studienmaterial an die Hand gibst, damit ich mich in das Thema einarbeiten kann, könnte es klappen."

Alexis wiegte seinen Kopf hin und her: „Naja, etwas habe ich noch zur Hand, aber ohne deine eigene Recherche wird es nicht gehen. Erstens habe ich keine Lust die Fakten alleine zu sammeln, zweitens bin ich sehr vergesslich und kann meistens nur die Quintessenz von Gelesenem wiedergeben. Das reicht zwar für ein Gespräch aber nicht für eine Analyse. Du kannst es dir bis zur nächsten Sitzung ja noch einmal überlegen. Ich schick dir vorher per Mail noch wichtige Informationen."

Damit war das Ende der ersten Sitzung erreicht. Bodo stimmte dem Plan zu und wollte es noch einmal mit Gudrun besprechen. Jetzt klappte es auch mit dem Smalltalk und sie unterhielten sich noch eine Weile über bildende Kunst und Musik. Bodo zeigte sich als sensibler Kunstkonsument, aber etwas anderes hatte Alexis auch nicht erwartet.

■■

GOTT DER FÜLLE

Am nächsten Tag erreichte Bodo eine Mail von Alexis. Sie beinhaltete einen Link ins Internet. Es handelte sich offensichtlich um eine Website von Alexis. Der Link führte direkt auf einen Blogbeitrag mit dem Titel ‚Gott der Fülle'.

Es ist Zeit für einen kühnen Gedanken, der ein paar scheinbare Unvereinbarkeiten aus dem Weg räumt. Ich bin christlich erzogen worden. Doch im Laufe der Zeit hat sich ein gebrochenes Verhältnis zur Religion entwickelt. Aufgrund der entsetzlichen Verbrechen, die im Namen Gottes verübt wurden, geht es vielen Menschen so. Trotzdem konnte ich zeitlebens ein fundamentales Gottvertrauen bei mir beobachten. Zudem bescherte mir das Studium religiöser Schriften die Einsicht, dass die Autoren wahrlich keine Dummköpfe waren, obwohl einige Aussagen heute zumindest abenteuerlich erscheinen. Also überlegte ich, wie man die klugen Einsichten in eine Theorie überführen könnte, die Widersprüche einbezieht. Diese Theorie würde dann auch die Akzeptanz von Vielfalt in der für uns erkennbaren Welt erleichtern.

Natürlich ist der aktuelle Stand der Wissenschaft mein Ausgangspunkt, weil er das beschreibt, was wir heute erkennen können. Das unterscheidet meine Möglichkeit elementar von den Gedankenkonstrukten der Religionsstifter, denen damals keine besonders nutzbaren wissenschaftlichen Erkenntnisse über die Beschaffenheit der Welt vorlagen. Der Versuch der Vereinigung von Wissenschaft und Religion scheint mir aktuell ziemlich unterrepräsentiert. Offensichtlich gibt es von beiden Seiten kein großes Interesse daran, was erfahrungsgemäß mit menschlichen Schwächen wie Angst vor Machtverlust, Angst sich lächerlich zu machen und anderen zu tun hat. Als Laie in beiden Disziplinen kann ich diese Ängste vernachlässigen.

Dieser Artikel wurde durch ein Video und im Speziellen eine Grafik daraus geboren. Die Grafik zeigt unsere momentane Kenntnis auf der experimentellen Suche nach dem Kleinsten und dem Größten. Eigentlich geht es in dem Video um die String-Theorie, aber da ich nur ein sehr eingeschränktes Verständnis von Physik habe, extrahiere ich aus den Gedanken die für mich zugänglichen Informationen. Ich sehe auf beiden Seiten der Skala eine Art Membran, die momentan das Wissen von angenommenen Folgerungen trennt. Im Kleinen ist es etwas, das in der Grafik ‚Quanten-Information' genannt wird, und im Großen ist es das ‚Multiversum'. Die Folgerung aus der Annahme eines Multiversums scheint mir klar zu sein: „Wir leben in einem von vielen Universen, deren Gesetze vollkommen unterschiedlich sein können."

Wenn wir davon ausgehen, dass die Quanten-Information der Ausgangspunkt dieser Universen ist, kommen wir der grundsätzlichen Idee von Gott verdächtig nahe.

Ich erlaube mir hier einen kleinen Rückschritt zu eigenen Überlegungen, um zu zeigen, warum dieser Gedanke mich so elektrisiert hat. Künstler werden immer wieder gefragt, wie denn ein Gemälde, ein Song, oder was auch immer entsteht. Die Antwort kenne ich aus eigener Erfahrung und sie wird von vielen anderen Künstlern auch so empfunden. Die einfachste Beschreibung der Initialzündung ist das Wort „Idee". Etwas blumiger ausformuliert ist es ein Körnchen, aus dem sich eine kleine Struktur bildet, und den Rest macht diese Struktur dann eigentlich selbst unter der Leitung des Künstlers. Ich pflege dann immer zu sagen: ‚Den Rest erledigt das Universum'. Wow, das hört sich doch irgendwie nach Urknall an, oder? Ich habe viele Dokumentationen über den Urknall gesehen und ein Punkt hat mich immer dabei gestört. Dass aus einer Singularität, wie es die Kosmologie nennt, ein Universum entsteht, deckt sich ja noch mit den gerade beschriebenen Erfahrungen, aber woraus entsteht die Singularität? Meistens wird diese Überlegung durch die Feststellung abgebügelt, dass wir einfach zu doof sind, das zu begreifen. Also bleibt die Vorstellung, dass sie aus dem Nichts entsteht. Dass ETWAS aus NICHTS entsteht, steht aber im krassesten denkbaren Widerspruch zu unseren Erfahrungen, und endet letztlich auch im NICHTS.

Nun folgere ich einmal mit meinem laienhaften Verständnis aus der Grafik, dass der Ursprung unseres Universums in einer wie auch immer gearteten Suppe aus Quanten-Information liegt. Sozusagen als Blumenstrauß von Information, der zündete, wie die Idee zu einem Song zündet, und ein Universum der Möglichkeiten schuf. Das leuchtet mir sehr viel mehr ein, als die Singularität aus dem Nichts. Es wäre auch anzunehmen, dass die Eigenschaften der aus dem Blumenstrauß entwickelten Möglichkeiten, wie beispielsweise Menschen, durchaus etwas mit der ursprünglichen Information zu tun hat, und nicht Ideen aus dem Nichts aufgreift.

Jetzt sind wir noch einen Schritt näher an der Vorstellung von Gott, aber es ist weder der Gott aus dem Nichts, der dann von uns in einen willkürlichen Anzug gesteckt wird, sondern vielmehr der Gott der Fülle. Als kritischer Geist liegt mir nichts ferner, als die fahrlässig verpassten Mühen der Religionsmächte hier zu übernehmen. Diese Arbeit, liebe Religionsführer in euren schicken Gewändern, müsst ihr schon selbst erledigen. Was ich aber an dieser Stelle tun möchte, ist der Aufruf zum Dialog zwischen betenden Menschen und Agnostikern. Der Blumenstrauß der Möglichkeiten hält mehr bereit, als uns gegenseitig für Idioten zu halten.

Das hier beschriebene Denkmodell schließt nicht die Möglichkeit eines Kontaktes zur Quanten-Information aus. Ganz im Gegenteil, denn wir können intensiv er-fahren, dass Informationen unseres leiblichen Ur-sprungs (Eltern) auch in unserer Persönlichkeit wirkt. Einen Versuch in Form von Spiritualität ist es allemal wert. Besser als uns gegenseitig umzubringen.

Unter dem Link war noch ein Gruß und der beiläufige Vermerk, dass es noch einen interessanten Artikel zur Sache gäbe, die Bodo sich ‚bei Bedarf' anschauen könne. In diesem Artikel schien es um Fotografie zu gehen. Aber da irrte sich Bodo. Ihm wurde so lang-sam klar, dass bei Alexis gar nichts einfach und im-mer ein doppelter Boden zu finden war. Der Artikel hatte etwas Anmaßendes. Alexis gab zu, dass er die String-Theorie nur ansatzweise verstand, aber er ver-suchte trotzdem noch einen Schritt weiter zu gehen. Der nächste Artikel mit dem Titel ‚Zero Zoom' litt un-ter den gleichen versteckten Ansprüchen. Was wollte Alexis der Welt eigentlich beweisen? Bodo war zwar selbst kein Genie, aber er hatte auch nicht den An-spruch besonders schlau daher zu kommen. Er mach-te das, was er konnte und war damit vollauf zufrie-den.

■■

ZERO ZOOM

Wer sich schon einmal mit Fotografie beschäftigt hat, kennt Zoom-Objektive. Die Brennweite eines Normal-Objektivs beträgt 50 mm. Die Darstellung auf dem Foto entspricht dann ungefähr unserem natürlichen Blickfeld. Ein Tele-Objektiv holt weit entfernte Objekte näher heran und verkleinert dabei das Blickfeld. Ein Weitwinkelobjektiv macht das Gegenteil. Das Zoom-Objektiv ist stufenlos verstellbar und ist meistens Weitwinkel-, Tele- und Normal-Objektiv in einem. Die Aktion der Veränderung der Brennweite wird ‚zoomen' genannt. Der Begriff ist so gebräuchlich, dass er analog auch für andere Zusammenhänge benutzt wird. So kann man beispielsweise auch in ein Problem herein zoomen, indem man sich Teile des Problems im Detail näher anschaut.

Auch die Erforschung unserer Welt kann man sich so vorstellen. Der Bereich beim Blick auf das Kleinste wird Mikrokosmos und beim Blick auf das Größte wird Makrokosmos genannt. Unglücklicherweise ist das aber etwas verwirrend. Ein Mikroskop zur Erforschung des Mikrokosmos hat die Funktion eines Tele-Objektives, obwohl wir mit ‚tele' (griechisch ‚fern') eher den

Makrokosmos verbinden, und ein Makro-Objektiv ist in der Fotografie mit Nahaufnahmen verbunden, obwohl wir das Weltall eher als weit entfernt empfinden. Das führt bei näherer Betrachtung zu einigen Kopfschmerzen beim Versuch des Verstehens. Ich habe es selbst erlebt, wie bei meiner Ausbildung zum Informationstechnologen viele Mitstudenten beim Thema Monitorgröße und Bildauflösung regelrechte Panikattacken bekommen haben. Es ging nicht so geschmeidig in das Hirn, dass bei einer höheren Bildauflösung die Bilder kleiner werden.

Für unsere Zwecke reicht es, wenn wir uns vorstellen, dass ‚Hineinzoomen' der Blick ins Detail, und ‚Herauszoomen' der Blick auf den größeren Zusammenhang bedeuten soll. Ausgangspunkt ist dabei der ‚Zero Zoom', was unserem momentanen Normalzustand entspricht, also ohne Mikroskop und Computeranalyse, ohne Raumschiff und Hubble-Teleskop und mit allen Alltagssorgen.

Wenn du gerade die Kündigung von deinem Arbeitgeber bekommen hast, ist dir sowohl der Platz der Erde in der Milchstraße, als auch die aktuelle Quantenkonstellation vollkommen gleichgültig. Du bist nur verzweifelt in deinem geistigen ‚Zero Zoom'. Wahrscheinlich ist dir auch egal, an welchem Ort auf der Erde du dich gerade befindest.

Nun könnte man einwenden, dass wir uns ja eigentlich dauernd im Zustand des ‚Zero Zoom' befinden, und gewissermaßen stimmt das auch, aber der Teufel steckt im Detail. Offensichtlich ist unser Geist permanent in der Lage, diesen Zustand aufzuheben. Wir kennen das aus dem Bild des verwirrten Professors, der am Autoschlüssel leckt und die Eistüte in das Autoschloss rammt. Sein Geist befindet sich dann wahrscheinlich in einem extremen Zoom-Zustand.

Wenn wir uns mit solch schwierigen Themen wie der Seele befassen, ist es einfach sehr hilfreich, wenn wir uns der Zoom-Technik bewusst sind. Menschen sind für schnelle Zooms sehr geeignet, aber machen das meist unbewusst. Kontrollierte Zooms können sehr hilfreich sein, um seinen statistisch gemittelten Zero Zoom-Zustand angenehmer zu machen. Wenn wir sehr konzentriert an etwas arbeiten, befinden wir uns auch in einem andauernden Zoom-Zustand. Sind wir uns der Tatsache bewusst, so verpassen wir nicht den Moment, wo eine Rückkehr in den Zero Zoom-Zustand angesagt wäre (auch Pause genannt).

Es ist zu beobachten, dass viele Wissenschaftler nur schwer in einen Zero Zoom-Zustand gelangen, der alle Aspekte des Lebensalltags umfasst. Das erschwert auch ein Herauszoomen in größere Zusammenhänge bei der Arbeit an Details. Obwohl schon der technische Zoom anspruchsvoll ist, so ist der geistige Zoom noch vielfältiger. Ich will hier zwei Beispiele anführen.

Das erste Beispiel ist ein gefühlter Zoom, der aber eigentlich gar keiner ist. Du fährst in ein exotisches

Urlaubsland und hast das Gefühl, du würdest eine andere, ferne Welt betreten. Dann wird dir am ersten Tag bereits die Geldbörse geklaut und sofort ist dir bewusst, dass du noch immer noch in derselben Welt bist.

Anders verhält es sich mit deinen nächtlichen Träumen. Du bist eindeutig in deinem Bett, aber dein Geist macht sich selbstständig und führt dich in teils absurd erscheinende Traumwelten. Es ist immer noch ein Rätsel, wie die Träume entstehen oder zu deuten sind, aber es ist ein Zoom in andere Zusammenhänge und Details, als du sie im Wachzustand wahrnimmst. Es ist ein wildes Herein- und Herauszoomen in deine scheinbar so wohl geordneten Gefühle. Ist dort vielleicht auch deine Seele beteiligt?

■■

ABENDGESPRÄCH VON GUDRUN UND BODO

Gudrun hatte den Tisch erwartungsgemäß stilvoll gedeckt. Keine Festtafel, aber mit sorgsam gefalteten Servietten und farblich abgestimmten Untersetzern. Sie speisten nicht jeden Tag zusammen, aber manchmal ergab es sich, dass beide zur gleichen Zeit ihr Abendessen einnahmen. Nachdem sie sich zu Tisch begeben hatten, eröffnete Gudrun das Gespräch.

„Und wie läuft es so mit deinem ersten Klienten?"

„Der Fall ist knifflig. Sehr anspruchsvoll."

„Ist es nicht beim ersten Mal immer so?"

„Sicher, aber das ist noch eine Etage höher. Es geht um die Seele und der Klient weiß momentan noch mehr darüber als ich. Ich dachte schon, du hättest ihn als verkappten Therapeuten für mich geschickt."

„Hä? Wieso sollte ich dir einen Therapeuten schicken? Und dann noch so geheimnisvoll. Das ist doch gar nicht meine Art."

„Ja, das dachte ich mir dann auch und konnte auch keinen Anlass entdecken."

Gudrun schaute Bodo tief in die Augen. Braute sich hier die erste ernste Krise in Bodos Leben an? Bisher war er immer sehr locker mit seiner fehlenden Berufsausbildung nach dem Abitur umgegangen. Aufgrund seiner hohen Intelligenz und sehr guten Auffassungsgabe hatte er immer wieder Jobs gefunden, die durchaus anspruchsvoll waren. Sein kommunikatives Wesen und sein sicheres Auftreten überzeugten die Arbeitgeber.

Zudem hatte er sich in etliche Fachbereiche eingearbeitet. Eine lange Ausbildung erschien ihm dafür überflüssig. Zudem konnte er sehr gut mit elektronischer Datenverarbeitung umgehen, was ihn von vielen älteren Mitbewerbern unterschied. Allerdings war er jetzt auch nicht mehr der Jüngste und das Eis wurde dünner.

Das war ja auch der Grund warum er es jetzt einmal als Berater versuchen wollte. Wie es Bodo's Art war, ließ er gleich ein paar Visitenkarten drucken, ohne sich viele Gedanken zu machen. Sein Credo war, dass es früh genug dafür war, wenn ein bezahlter Job winkte. Gudrun unterstützte ihn immer so gut sie konnte. Obwohl sie diesen neuen Plan abenteuerlich fand, steckte sie gleich ein paar Visitenkarten ein, und es hatte ja auch gleich funktioniert.

Gudrun wollte diesen Moment des Zweifels schnell überbrücken.

„Ich hätte ja nicht gedacht, dass gleich die erste Visitenkarte ein Treffer würde, allerdings machte der ältere Herr einen sehr seriösen Eindruck, und ich hatte gleich ein gutes Gefühl. Sonst hätte ich ihm auch nicht so viel von dir erzählt."

„Dein Kunstverein scheint ja geradezu eine Fundgrube für Klienten zu sein", erwiderte Bodo jetzt wieder etwas entspannter.

„Er ist ja nicht Mitglied im Kunstverein, sondern war als Gast da. Wollte sich einfach einmal informieren, was in unserer Kleinstadt so in Sachen Kunst passiert. Normalerweise ist er international unterwegs und kümmert sich wenig um die lokale Kunstszene."

„Wie hat er sich denn bei euch vorgestellt?"

„Das war schon etwas eigenartig. Er stellte sich als Alexis vor und sagte eigentlich nur, dass er früher einmal Berufsmusiker gewesen sei und nach seiner Umsiedlung in den Süden Deutschlands zum Informationstechnologen umgeschult hatte. Einige Gewerbetreibenden aus dem Kunstverein kannten ihn auch als Computerfachmann."

„Mehr sagte er nicht?"

„Wie gesagt, einige kannten ihn ja bereits. Für die war nur neu, dass er früher Musiker war."

„Und die kannten auch seinen richtigen Namen?"

„Ich denke schon, aber das kam gar nicht zur Sprache. Schließlich war Alexis nicht das Thema unserer Sitzung."

„Gut, dann belassen wir es bei Alexis, solange sich keine Notwendigkeit zeigt das zu ändern. Er zahlt jede Sitzung bar."

„Vielleicht ist ihm die Distanz wichtig."

„Ja, das ist möglich. Irgendwie ist da auch Brisanz im Spiel. Es geht ja bei der Seele so ziemlich ans Eingemachte. Ich habe bereits eine Lebensbeschreibung bekommen und zwei Artikel von seiner Website konnte ich auch schon lesen."

„Aber auf der Website muss doch auch sein richtiger Name auftauchen."

„Ja, ich kenne ihn auch, aber ich habe das Gefüh, dass Distanz in jeder Hinsicht die richtige Wahl ist. Lass es uns bei Alexis belassen."

„Das hört sich ja dramatisch an. Ich werde neugierig. Jetzt hätte ich Lust mir einmal die Website anzuschauen, wenn es dir nichts ausmacht."

„Die Website ist doch öffentlich. Die kann sich jeder anschauen. Natürlich macht es mir nichts aus. Vielleicht kannst du mir ja auch etwas helfen. Es ist immerhin mein erster Fall. Auf der Website gibt es auch einen Lebenslauf, der sich aber von der mir zugeschickten Beschreibung ziemlich unterscheidet. Nicht in den Fakten, aber in der Aussage. Es wäre doch spannend, wenn wir auf verschiedener Kenntnisebene unsere Eindrücke teilen. Schließlich ist das Thema ja auch spannend. Ich habe mir jedenfalls noch nie Gedanken darüber gemacht, ob Geist und Seele verschiedene Dinge sind."

„Ach darum geht es? Keine persönliche Krisenbewältigung?"

„Es scheint beides in einem zu sein, aber ich bin nicht aufgefordert irgendein Problem von Alexis direkt zu lösen, sondern nur an einer Recherche teilzunehmen. Alexis ist bereits mit allen Wassern der Psychotherapie gewaschen. Er hat bereits zwei Burnouts hinter sich."

„Das wird ja immer spannender. Solange ich nichts Besseres finde, beteilige ich mich gern an eurer Recherche. Wenn es mir zu persönlich wird, steige ich aber aus."

„Ich schick dir den Link zur Website und alles Weitere wird sich ergeben."

Sie unterhielten sich noch etwas über die Seele n der Musik, weil auf der Website ja viel Musik von Alexis zu hören war. Allerdings hatte bisher keiner von beiden einen Song ganz gehört. Außerdem ging es Alexis anscheinend nicht um die Seele in seiner Musik. Das wäre auch zu einfach gewesen und Alexis war nie einfach.

Gegen Ende des Mahls kamen sie noch einmal kurz auf Alexis zu sprechen. Gudrun bemerkte: „Was hat eigentlich Musik mit Computern zu tun? Findest du diese Berufskombination nicht seltsam?"

Bodo zog fragend die Schultern hoch. Es war ihm genug für heute.

■■

ZWEITE SITZUNG MIT ALEXIS

Bodo hatte beide Artikel auf der Website gelesen. Viel weiter war er in der Woche nicht gekommen, weil sich in den beiden Artikeln eine Gedankenwelt offenbarte, die verworren wirkte. Es waren sehr spannende Themen, aber Alexis schien keine Geduld für eine weitergehende Auseinandersetzung mit einem einzelnen Thema zu haben, und dabei den roten Faden für sich selbst zu verlieren. Bodo sah zwei Möglichkeiten für eine Lösung dieses Problems. Entweder Alexis musste in die nächste Psychotherapie oder jemand half ihm die Fäden zu verbinden. Da Alexis aber kein Dummkopf war, schien er das selbst zu wissen, und die zweite Möglichkeit bereits gewählt zu haben. In diesem Fall war Bodo der ‚Jemand'.

Alexis trug die gleiche Kleidung wie beim letzten Treffen, nur das Hemd war hellblau, statt dunkelblau. Alexis ging wohlwollend davon aus, dass auch Unterwäsche und Socken frisch waren. Ein dezenter Herrenduft untermauerte diese Annahme. Nachdem sie im Arbeitszimmer Platz genommen hatten, übernahm Alexis gleich wieder die Initiative.

„Wie haben dir die Artikel gefallen?"

Wie seine Mail mit dem Lebenslauf gewirkt hatte, wollte Alexis offenbar gar nicht wissen. Das schien typisch für ihn zu sein. Direkt einen Schritt weiter.

„Zunächst habe ich deinen auf unser Thema angepassten Lebenslauf gelesen. Ich möchte zunächst dazu einiges sagen", warf Bodo ein. Er merkte, dass er langsam in seine Rolle hinein wuchs. Schließlich war er hier der Berater.

„Natürlich, wie du willst. Du bist ja mein Berater und nicht umgekehrt. Ich wollte auch noch sagen, dass das Duzen für mich keinen Distanzverlust bedeutet. Ich bin es als ehemaliger Musiker so gewohnt. Musiker duzen sich immer und mein Sohn sagte mir, dass es selbst im Business immer mehr Einzug hält. Ist wohl ein Kulturwandel."

Da war es wieder. Drei Gedankengänge in einem Zug samt hellseherischen Fähigkeiten bezüglich Bodos Gedanken. Daran musste man sich offenbar gewöhnen, wenn man mit Alexis sprach.

„Das Duzen ist kein Problem für mich." ging Bodo nur auf einen Teil der Aussage ein. Den Rest ließ er unkommentiert.

„Prima!", antwortete Alexis genauso knapp. Er hatte sich spontan auf die Reduzierung der Gedankengänge umgestellt. Das signalisierte Anpassungsfähigkeit und Respekt. Jetzt hatte Bodo den Fortlauf des Gespräches in seiner Hand. Er hatte sich einige Notizen gemacht.

„Du schreibst in deinem Lebenslauf, dass sich Seelenmüll während der Erwerbsarbeit ansammelt. Ich kann erahnen, was du mit Seelenmüll meinst, aber bist du wirklich sicher, dass das bei jedem Menschen so ist?"

„Es ist natürlich nur eine Beobachtung, aber in den vielen Gesprächen mit Freunden, Bekannten und Verwandten tauchen immer wieder Szenen auf, in denen irgendetwas bei der Arbeit vorgefallen ist. Die Betroffenen beschrieben dabei auch seelische Verletzungen wie Herabsetzung, fehlende Anerkennung, Beleidigung, Überforderung und vieles mehr. Aus eigener Erfahrung weiß ich, dass diese Verletzungen nur schwer ausheilen. Dann wird daraus eine Halde aus Verletzungen. Ich nenne es Seelenmüll."

„Aber diese Dinge passieren doch auch im Privatleben oder bereits in der Kindheit."

„Absolut, aber diesen Aspekt habe ich ausnahmsweise einmal weggelassen, weil es sonst zu kompliziert wird. Außerdem habe ich das für mich selbst bereits abgearbeitet und denke, dass es für die Suche nach der Seele ratsam ist, die Komplexität zunächst zu verringern. Zugleich hat das Erwerbsleben bei vielen Menschen einen hohen Anteil an der Lebenszeit und damit wächst die Wahrscheinlichkeit der Verletzungen in diesem Zusammenhang."

Die Antwort deutete darauf hin, dass sich Alexis durchaus seiner Schwäche bewusst war, zu vieles gleichzeitig zu denken. Das machte die Sache für Bodo etwas einfacher.

„Gut, nehmen wir also einmal an, dass da etwas dran ist, mit dem Seelenmüll. Wir sollten auch vernachlässigen, wie viel Seelenmüll aus deiner Kindheit stammt. Wahrscheinlich hast du das auch bereits mit deinen Therapeuten abgearbeitet. Bliebe die Frage, wo sich Geist und Seele scheiden. Ich kann noch keinen Anhaltspunkt entdecken. So wie du es beschreibst, ist die Seele eher ein verletzlicher Aspekt des Geistes."

Alexis nickte und schaute etwas verzweifelt aus.

„Das ist ja mein Problem. Mein Verstand sagt mir, dass Körper und Geist als eine Einheit das ICH-Bewusstsein bilden, aber bei der bereits erwähnten Abarbeitung der Probleme mit den Therapeuten blieb ein unerklärlicher Rest über. Und dieser Rest erschien mir bedeutend zu sein. Ich kann zwar heute entspannt leben, habe aber das Gefühl, dass ich nicht entspannt sterben könnte."

Bodo zog überrascht die Augenbrauen hoch.

„Glaubst du wirklich, dass man entspannt sterben kann?"

„Ich hatte bereits einen Schlaganfall und in der Klinik starben etliche andere Schlaganfall-Patienten um mich herum. Ich hatte Glück im Unglück und bei mir verlief alles ziemlich harmlos. Trotzdem kommt der Gedanke auf, was wäre, wenn es jetzt vorbei wäre. Dieser Gedanke lässt mich nicht mehr los und ich wünsche mir eine Antwort."

Da war also die Erklärung für das verrutschte Augenlid, das Bodo bereits beim ersten Treffen aufgefallen war.

„Du meinst also, wenn du die Seele findest, hast du die Antwort?"

„Ja, das glaube ich tatsächlich."

„Du suchst Gott, Alexis!"

„Das schließe ich nicht aus, aber Gott ist ja auch nur ein Wort für etwas Unerklärliches und zudem ein sehr misshandeltes Wort."

Es war einen Moment still. Bodo schaute nachdenklich aus dem Fenster. Es war Anfang Dezember und für die Jahreszeit war bereits mehr Schnee gefallen, als üblich. Nun schneite es wieder. Ohne seinen Blick Alexis wieder zuzuwenden, sagte er: „Wortbedeutungen sind in der Regel unscharf. Es gibt viele Begriffe, deren Bedeutung sich im Laufe der Zeit mehrfach gewandelt hat. Der Begriff Egoismus ist beispielsweise heute deutlich negativ besetzt, obwohl es eigentlich nur den Aspekt der Durchsetzung eigener Interessen bedeutet. Er schließt Empathie ja nicht grundsätzlich aus."

Bodo starrte weiter aus dem Fenster und fügte nach einer kurzen Pause hinzu: „Eigentlich würde es bedeuten, dass die Welt empathischer geworden ist, wenn der Eigennutz so negativ gesehen wird."

Es war bemerkenswert, dass Alexis die kurze Pause von Bodo nicht nutzte. Aber auch Alexis hatte eine nachdenkliche Phase. Bodo fühlte sich nun deutlich wohler in seiner Haut. Seine Hilfe wurde angenommen.

„Vielleicht ist es ja so", sagte Alexis.

Es folgte eine Analyse des beobachtbaren Zustandes der Welt in Hinsicht auf Empathie. Die Globalisierung samt weltweitem Informationsaustausch wurde von beiden als Voraussetzung für wachsende Empathie erkannt. Es blieb die Frage, warum man eher das Gefühl hatte, dass Eigennutz samt Betrug regierten. Da die Flut an Informationen aber auch gegensätzliche Aspekte beinhaltete, sah man darin keinen echten Widerspruch. Auffällig war allerdings, dass die Medien fast ausschließlich über negative Dinge berichteten. Das warf die Frage auf, warum die Medien glaubten, dass die Menschen eher an negativen als an positiven Nachrichten interessiert waren. Man wurde sich einig, dieser Frage im nächsten Schritt ausführlicher nachzugehen.

Alexis schien aufgewühlt zu sein, als sie sich verabschiedeten. Bodo ahnte, was in ihm vorging. Er hatte bereits sehr früh einen Hang zur Ungeduld bei Alexis entdeckt. Wahrscheinlich war ihm dieser Ausflug in ein Detail des Themas schon zu viel. Es ging ihm nicht schnell genug. Als Alexis gegangen war, dachte Bodo noch eine Zeit lang darüber nach. Der Lebenslauf atmete einen Hauch von Einsamkeit. In einer Form, die Bodo nicht geläufig war. Alexis hatte Bodo um Hilfe gebeten, weil er wusste, dass er das Problem nicht alleine lösen konnte. Nun schien ihm diese Hilfe irgendwie unangenehm zu sein. Aber schließlich war Bodo kein Psychotherapeut und so schloss er diesen Gedanken rigoros ab und machte sich für einen kleinen Spaziergang im Schneetreiben fertig.

■■

BODO'S RECHERCHE NACH DEM BEGRIFF ‚EMPATHIE'

Am nächsten Tag machte sich Bodo auf die Suche nach dem Begriff ‚Empathie'. Er begann mit der Website von Alexis, die er ohnehin etwas näher unter die Lupe nehmen wollte. Zu seiner Überraschung tauchte dort das Wort Empathie ziemlich oft auf. Warum wehrte sich Alexis instinktiv dann so heftig gegen eine Analyse? Bodo entdeckte auch die Quelle des Pseudonyms Alexis. Alexis hatte sein Comeback in das Musikbusiness in mehrere Projekte aufgeteilt. Jedes Projekt hatte einen Namen, der gleichzeitig als Künstleridentität genutzt wurde. Zu jeder Künstleridentität hatte Alexis eine kleine Story erfunden. An Phantasie mangelte es dem Künstler offensichtlich nicht.

Die Identität Alexis sollte eine intelligente Kaffeemaschine sein, die Musik und Videos produzierte. Dazu gab es auch gleich ein Bühnenstück, das aber seltsamerweise einer anderen Künstleridentität zugeordnet war. Das war extrem verwirrend. Warum verwendete Alexis gerade dieses Pseudonym in der Zusammenarbeit mit ihm, fragte sich Bodo? Eine Maschine? Das war kein doppelter Boden mehr, sondern eine ganze Lage an Böden. Bodo fiel die Passage über Marketing im Lebenslauf von Alexis ein, den er ihm geschickt hatte. Dass das Marketing unter diesen Umständen ein Horror für Alexis war, lag auf der Hand. Offensichtlich war Alexis das Opfer seiner eigenen Komplexität. Welcher geneigte Hörer sollte denn die Muße haben sich durch diesen Irrgarten an Informationen zu kämpfen? Auf der Website gab es auch einen Lebenslauf für die Presse. Der listete sachlich alle Stationen des Musikerlebens auf und erschien wesentlich durchsichtiger. Auffällig war aber die Vielfalt an musikalischen Stilen, die Alexis als Musiker bedient hatte. Einfach geht anders, dachte Bodo. Jetzt auch noch Musik von Alexis zu hören, war Bodo bereits zu viel geworden.

Der nächste Schritt war eine Recherche bei Wikipedia.

Empathie bezeichnet die Fähigkeit und Bereitschaft, Empfindungen, Emotionen, Gedanken, Motive und Persönlichkeitsmerkmale einer anderen Person zu erkennen, zu verstehen und nachzuempfinden. Ein damit korrespondierender allgemeinsprachlicher Begriff ist Einfühlungsvermögen.

Zur Empathie wird gemeinhin auch die Fähigkeit zu angemessenen Reaktionen auf Gefühle anderer Menschen gezählt, zum Beispiel Mitleid, Trauer, Schmerz und Hilfsbereitschaft aus Mitgefühl. Die neuere Hirnforschung legt allerdings eine deutliche Unterscheidbarkeit des empathischen Vermögens vom Mitgefühl nahe.

Grundlage der Empathie ist die Selbstwahrnehmung – je offener eine Person für ihre eigenen Emotionen ist, desto besser kann sie auch die Gefühle anderer deuten – sowie die Selbsttranszendenz, um egozentrische Geisteshaltungen überwinden zu können.

Empathie spielt in vielen Wissenschaften und Anwendungsbereichen (z.B. in der Musik) eine fundamentale Rolle, von der Kriminalistik über die Politikwissenschaft, Psychotherapie, Psychologie, Physiologie, Physiotherapie, Pflegewissenschaft, Pädagogik, Philosophie, Sprachwissenschaft, Medizin und Psychiatrie bis hin zum Management oder auch Marketing.

Quelle: Wikipedia 2021

Bodo las die Begriffsdeutung gleich dreimal hintereinander. Vieles war identisch mit seinem eigenen Wortgebrauch. Bei zwei Stellen klingelte aber etwas in seinem Kopf. Es war der Hinweis auf neuere Erkenntnisse hinsichtlich des Unterschiedes von Empathie und Mitleid und der Hinweis auf die Überwindung von egozentrischen Geisteshaltungen.

Ersteres hatte Ähnlichkeit mit dem Versuch von Alexis Geist und Seele zu trennen und zweiteres schien Alexis selbst zu betreffen. Beruhte die Komplexität von Alexis auf einer egozentrischen Geisteshaltung und war seine Suche nach der Seele eine Art von Befreiungsversuch? Hatte Alexis vielleicht gemerkt, dass er sein eigener Feind war? Bodo fiel spontan die Musikmaschine ein. Traute Alexis sich selbst nichts zu?

Obwohl Bodo jede Anmaßung hinsichtlich einer psychologischen Behandlung vermeiden wollte, musste er Alexis darauf ansprechen. Vielleicht kannte Alexis das Problem aus seinen Therapien ja schon und hatte die Konsequenzen nur noch nicht vollständig umsetzen können. Das konnte auch die Erklärung sein, warum er jetzt fast verzweifelt nach der Seele suchte. Dann wäre Bodo wieder der Richtige, denn seine Leistung sollte ja eher eine praktische Umsetzung von Problemlösungen sein, und nicht die Suche nach der Ursache. Bodo machte sich eine Notiz:

Selbstwertgefühl / introvertiert?

Alexis machte eigentlich einen selbstsicheren Eindruck auf Fremde, aber Bodo erkannte einige Widersprüche. Ihm fiel ein Sprichwort ein, das er der Notiz hinzufügte:

Stille Wasser sind tief.

Bodo beherrschte die Kunst der Pause wie kein anderer. Nun war es an der Zeit das Mittagsmagazin im

Fernsehen anzuschauen und dabei genüsslich einen Tee zu schlürfen.

Natürlich war Corona das Hauptthema in diesen Zeiten. Es gab aber auch einige Promi-News und Kulturnachrichten. Dann traf ihn unvermittelt eine sensationelle Nachricht. Ein ihm unbekannter Professor Joachim Bauer hatte gerade ein Buch mit dem Titel ‚Das empathische Gen' veröffentlicht. Bodo hatte vor Kurzem erst ein Video über die Fortschritte der Gentechnik gesehen und nun kam dieses Buch heraus.

Kurz zusammengefasst hatte der Arzt, Neurowissenschaftler und Psychotherapeut einen Zusammenhang zwischen der Genaktivität und einem auf Humanität und Menschlichkeit ausgerichtetes Wesen entdeckt.

‚Eine aus freiem Entschluss gewählte innere Haltung, die auf ein Sinn-geleitetes, prosoziales Leben ausgerichtet ist, begünstigt Genaktivitäten, die unserer Gesundheit dienen. Wenn Menschen ihre sozialen Potentiale ausschöpfen und sich den Wunsch nach einem guten, sinnerfüllten Leben zu eigen machen, wird ihnen dies auch helfen, ihre Gesundheit zu schützen und ihre inneren Heilkräfte zu stärken', beschrieb Bauer die Quintessenz seiner Forschung.

Bodo war viel zu faul das ganze Buch zu lesen. Was er las, reichte aber als neuer Baustein auf der Suche nach der Seele. Die Suche war nun auch seine eigene geworden.

Am Abend hörte sich Bodo endlich auch ein paar Songs von Alexis an. Wie mittlerweile nicht anders zu erwarten, war es erneut ein Wechselbad der Gefühle. Eingängige Popsongs mit teils tiefgründigen Texten wechselten mit instrumentalen Dance-Tracks und avantgardistischen Jazztiteln ab. Jeder Titel war sorgsam in die jeweiligen Projekte einsortiert, als Ganzes war das aber einem normalen Hörer nur schwer zu vermitteln.

Zudem hatten auch die eingängigen Popsongs überraschende Wendungen. Seltsamerweise konnte man aber eine durchgehende Handschrift des Komponisten erkennen, die über allem stand. Zeigte sich hier die Seele von Alexis?

■■

SPAZIERGANG AM SONNTAG

Es war ein herrlicher Wintertag. Die Sonne strahlte von einem unbewölkten Himmel bei leichtem Frost. Gudrun und Bodo hatten einige Standardrouten für ihre Spaziergänge, die immer vormittags stattfanden, weil Gudrun das Licht so gut gefiel. Heute gingen sie die längste Route ihres Wanderkataloges. Der Weg war schneebedeckt, aber von den landwirtschaftlichen Fahrzeugen bereits festgefahren. Der Startpunkt lag auf einem Hügel, der einen atemberaubenden Blick über die Kette der Voralpen bis ins Karwendel bot. Es war ein perfekter Tag.

Nachdem die beiden ihre Begeisterung über diesen Naturgenuss ausgetauscht hatten, sprachen sie über Vorkommnisse in der Schule. Gudrun berichtete, dass sich die Schüler tadellos in die Corona-Beschränkungen eingefügt hatten, bedauerte nur, dass es einigen Eltern dagegen schwerer fiel.

„Die Schüler sind nicht das Problem. Sie verhalten sich vorbildlich und solidarisch, aber sobald sie von der Schule abgeholt werden, ändert sich bei einigen das Verhalten. Es scheint fast, als wollten sie ihren Eltern gefallen, indem sie zur Corona-Rebellion übergehen. Sie reißen sich demonstrativ die Masken vom Gesicht und rufen ‚Scheiß Corona' bevor sie in den SUV einsteigen."

„Das ist wirklich traurig", kommentierte Bodo. „Wie sollen aus diesen Kindern selbstbewusste Menschen werden? Sie werden zu Äffchen ihrer Eltern erzogen. ‚Vom Affen zum Menschen' heißt übrigens eine Art Musical von Alexis, aber ich habe es mir noch nicht angehört."

„Wie läuft's denn mit Alexis?", fragte Gudrun nach.

„Eigentlich ganz gut. Er ist ein wirklich netter Mensch, kann aber auch sehr verwirrend sein. Unser Thema hat mich mittlerweile gepackt. Momentan geht es um Empathie."

„Ich dachte, es ginge um die Seele", wandte Gudrun ein.

„Naja, Empathie hat doch viel mit der Seele zu tun, oder empfindest du es anders?"

„Ja, da hast du recht. Ich habe mich noch nicht so intensiv mit der Seele beschäftigt. Hatte auch noch keine Zeit mir die Website von Alexis einmal anzuschauen. Du hast doch gesagt, dass da viel Musik zu hören ist. Was ist das denn für eine Musik?"

„Das musst du selbst hören. Es ist schwer zu beschreiben."

„Doch nicht etwa Free Jazz?"

„Wie kommst du denn auf Free Jazz? Alexis hat tatsächlich früher Free Jazz gespielt, aber auch vieles andere. Er hat sich dann über 20 Jahre fast gar nicht mehr mit Musik beschäftigt. Was er heute macht, ist sehr vielfältig."

„Dann kann ich es mir vielleicht auch einmal anhören. Bei Free Jazz steig ich aus. Das ist mir zu aggressiv. Ich brauche erkennbare Formen. Das gilt für die Kunst im Allgemeinen. Klassische Musik ist mir immer noch am liebsten."

„Das brauchst du mir nicht zu erzählen, mein Schatz. Ich kenne dich ja."

„Alexis war unter anderem auch Orchestertrompeter."

„Orchestermusiker und Free Jazz? Ist der vielleicht irrsinnig?"

„Komisch, jetzt deutest du zum zweiten Mal an, dass bei Alexis etwas nicht zusammenpasst. Erinnerst du dich, dass du gesagt hast, dass Musiker und Computerfachmann nicht zusammenpassen?"

„Ist der schizophren?"

„Soweit ich weiß, äußert sich Schizophrenie anders, als der Laie glaubt. Ich bin mir sicher, dass Alexis nicht geisteskrank ist. Er ist aber ein schwieriger Charakter. Irgendwie scheint er die Grenzen nicht zu sehen, ab denen das Ausleben von künstlerischer Freiheit mit dem gesellschaftlichen Verständnis so hart kollidiert, dass man das nur als Paradiesvogel aushält. Er führt aber ein konventionelles Leben als treusorgender Familienvater und Ehemann."

„Sucht er deshalb die Seele? Um die Widersprüche zu kitten?"

„Kann sein", sagte Bodo leise und wechselte schnell das Thema. Ihm reichte es schon wieder.

■■

KRACH AM ABEND

Der Sonntag verlief harmonisch wie immer. Man hatte noch gemeinsam das Abendessen eingenommen und danach schaute sich Bodo eine Sportsendung an. Der Tag war damit eigentlich für ihn beendet. Gudrun verschwand in ihrem Zimmer.

Gerade als Bodo langsam schläfrig wurde, riss Gudrun die Tür auf und rief:

„Der Typ ist doch krank!"

„Von wem redest du? Ich schlafe schon fast!"

„Ich hab mir gerade die Website deines Klienten angeschaut und dann eine Playlist auf Spotify durchgeklickt. Ein gesunder Geist kann sowas nicht produzieren. Wenn ich es richtig verstanden habe, dann hat er die 100 Songs in 2 Jahren produziert. Wenn es immer etwas Ähnliches wäre, würde ich sagen, dass es eben ein fleißiger Künstler ist, aber dieser Mischmasch. Einfach krank!"

Bodo war sauer. So hatte er Gudrun noch nie erlebt. Das war ihm erstens zu vorschnell und zweitens hatte es einen deutlich reaktionären Unterton. Reaktionäre Haltungen waren ihm zuwider:

„Du hörst dich an, wie meine Oma. Geh doch Mozart hören bis dir der Sabber aus dem Mund läuft!"

„Oma? Wenn ich dir zu alt bin, such dir doch eine junge Schlampe, die gerne kranke Musik hört."

Bodo war am Boden zerstört. Gerade noch kurz vor dem seligen Einschlafen, jetzt in höchster Erregung. So durfte es nicht weitergehen.

„Gudrun bitte! Es ist nur ein Klient und nicht mein bester Freund. Ich versuche nur objektiv an die Sache heranzugehen. Bitte reg dich ab!"

Gudrun knallte die Tür zu und ließ sich nicht mehr sehen. Bodo war fassungslos, aber ihm war nicht nach einer reumütigen Aktion zumute, denn er hatte doch gar nichts verbrochen. Also legte er sich ins Bett und starrte zwei Stunden ratlos an die Decke, bis er endlich einschlief.

■■

DRITTE SITZUNG MIT ALEXIS

Die Begrüßungszeremonie war mit dem Thema ,Wetter' abgeschlossen. Der Kaffee war serviert und man hatte es sich in den Ledersesseln bequem gemacht. Bodo übernahm die Initiative:

„Was hältst du von Mozart?"

„Mit einem Bekenntnis zu Mozart kann man in bürgerlichen Kulturkreisen nicht viel falsch machen."

„Das klingt bissig!"

„So ist es auch gemeint. Du könntest genauso fragen, was ich von Bergen halte. Mozart ist ein Berg in der Musikgeschichte. Jetzt mag der eine mehr die Berge, der andere das Meer. Fragst du nach der Begründung für die Vorlieben, wird es meist eng. Der Fan von Strand und Meer wird vielleicht anführen, dass ihn die Berge einengen. Aber die Enge ist ja nur im Tal. Auf dem Gipfel bist du frei. Ich mag die Berge. Am liebsten hoch und zum Gipfel hin schroff. Aber wieso fragst du das eigentlich?"

„Meine Frau ist ein Mozart-Fan."

„Aha, eigentlich keine schlechte Wahl, aber mich hat Mozart nicht oft berührt. Auf jeden Fall im Verhältnis zur Menge seiner Werke. Wenn es allerdings einmal der Fall war, dann auch intensiv. Er war zweifelsohne ein Meister."

„Welche Musik von anderen Künstlern berührt dich denn?"

„Es sind immer nur Momente oder bestimmte Elemente, wie eine Stimme. Das ganze Werk eines Künstlers kann unmöglich meine Seele treffen. Du wirst zum Fan eines Künstlers, wenn es gerade bei dem sehr oft passiert. Ein ziemlich pragmatischer Ansatz. Der Fan-Kult ist eher eine peinliche Sache, auch wenn die Industrie hier das Geld verdient. Wenn sich manche Menschen ganz einem Künstler hingeben, hat das für mich befremdliche Züge. Hört deine Frau Mozart in Dauerschleife?"

„Das weiß ich eigentlich gar nicht so genau. Sie hört Musik am liebsten allein."

„Aber sie besucht doch Konzerte, oder?"

„Ja klar, aber dann ist es nicht Musik von Mozart, sondern eher neuere Musik."

„Das zeugt von Neugier. Das ist gut. Ein Ausgleich zu ihrer innigen Liebe zu Mozart. Mozart ist ihr solides Fundament für mutige Ausflüge. Erstarrte Menschen bringen diesen Mut nicht auf. Die sind geistig bereits tot. Ihr Körper wird dann belanglos folgen und die Seele hat keinen Widerhall in dieser Existenz gefunden."

„War sie dann überhaupt jemals anwesend?"

„Auf jeden Fall. Die Seele ist immer und überall anwesend. Es gab nur eine schwache Resonanz in dieser fiktiven Existenz. Die Resonanz kann einmal dagewesen sein, verschwand aber wahrscheinlich unter einem Gebirge an Seelenmüll, der später nicht mehr zu durchdringen war."

„Ist dir eigentlich bewusst, dass du irritierend bist? Einerseits hat man den Eindruck, du wüsstest alles über die Welt und andererseits suchst du nach Hilfe wie ein Ertrinkender."

„Ich bin alt! Ein alter Mensch hat viele Erfahrungen gemacht. Wenn er einen wachen Verstand hat, so hat er aus diesen Erfahrungen Schlüsse gezogen. Wenn er sich dann noch die Zeit nahm diese Schlüsse zu überdenken, dann erscheint er weise."

„Erscheint weise oder IST weise?

„Da bin ich vorsichtig. Ich bin von Natur aus ein vorsichtiger Mensch. Würde ich ‚ist weise' sagen, so unterstellte ich, dass es eine faktische Weisheit gäbe, aber die gibt es nicht. Der Begriff ‚Bauernschläue' gibt einen Hinweis auf das Problem. Sorry, aber ich habe auch einmal Philosophie studiert, und davon bleibt einiges an sprachlicher Sorgfalt hängen. Das ist manchmal belastend, denn ich nehme das so ernst wie ein Wissenschaftler, obwohl ich keiner bin. Ich sollte es vielleicht sein lassen, oder?"

Bodo brauchte eine kleine Auszeit, um das Gehörte zu verarbeiten, und gab vor, dass er noch einen Kaffee bräuchte. Er ging in die Küche. Es wurde immer absurder, was da alles in der Geschichte von Alexis zu Tage kam. Jetzt auch noch ein Philosophie-Studium. Wie würde das ein Fremder sehen, der sich nicht ein paar Stunden mit Alexis beschäftigt hatte. Er würde es schlicht nicht glauben! Diesen Lebenslauf musste sich ein Kranker ausgedacht haben. Davon war Gudruns spontane Reaktion gar nicht so weit entfernt. Ihm fiel ein Text von Hölderlin ein, der ihn einst sehr beeindruckt hatte:

Hast du Verstand und ein Herz, so zeige nur eine von beiden. Beides verdammen sie dir, zeigst du beides zugleich.

Bodo war ins Arbeitszimmer zurückgekehrt und packte gleich sein soeben memoriertes Zitat mit der Bemerkung aus, dass ihm das gerade zufällig eingefallen war.

Alexis nickte: „Kenn ich."

Bodo dachte: „Scheiße, du kannst das Schlaueste der Welt sagen, und immer kommt die Reprise ‚weiß ich oder kenn ich‘."

Er nahm seinen Notizzettel zur Hand, um wieder die Initiative an sich zu reißen. Als Erstes stand da ‚Selbstwertgefühl‘. Er wollte jetzt deutlich aggressiver werden und griff gleich eine Schublade zu hoch.

„Kann es sein, dass du ein Problem mit deinem Selbstwertgefühl hast?"

Alexis sackte etwas zusammen und antwortete leise: „Ich habe das wirklich alles gemacht." Ein Schwall von Demut brandete Bodo entgegen.

Jetzt hatte Bodo Mitleid mit dem alten Mann und machte sich Vorwürfe ihn so überfahren zu haben. Er lenkte freundlich ein:

„Ich glaube dir ja, Alexis. Aber vielleicht musst du das nicht jedem auf die Nase binden. Es könnte deiner Seele schaden."

Alexis nickte nur. Sie waren jetzt eindeutig in einer therapeutischen Sitzung angekommen, aber Bodo fühlte sich seltsamerweise nicht schlecht dabei. Ein Schwenk ins Unverbindlichere konnte aber trotzdem nicht schaden.

„Ich habe kürzlich von einem neuen Buch gehört, in dem ein Forscher beschreibt, wie empathische Gefühle oder Handlungen messbare Auswirkungen auf Gene hat."

Alexis grinste verschmitzt. „Ach, wirklich?"

Bodo erstarrte und dachte: „Nein, das kann jetzt nicht wahr sein, er kennt es bereits!" Dann fügte er laut und lächelnd hinzu: „Na klar, du kennst es bereits."

Alexis schaltete auf Humor um: „Kennen nicht, aber ich habe davon gehört. Sicherlich erst nach dir." Sie lachten.

Man beriet sich nun, ob es sinnvoll wäre dieses Buch zu lesen. Bodo nahm an, dass Alexis keine große Lust dazu hatte, weil er ohnehin alles bereits zu wissen schien. So war es dann auch. Alexis legte es allerdings Bodo nahe ‚einmal rein zu schauen'. Das hatte wieder eine Doppelbödigkeit. Auf der einen Seite gab er Bodo das Gefühl der Verantwortung und auf der anderen Seite signalisierte er ein gewisses Desinteresse. Bodo überkam der Gedanke, dass das ein Ansatz für eine Erklärung der Vielzahl von Alexis' Aktivitäten sein konnte. Er nahm zwar alles ernst, aber konnte dem Ernst nie Genüge tun, weil es einfach zu viel für ihn war.

Die Sitzung ging dem Ende zu und Bodo machte noch einen mutigen Vorstoß: „Möchtest du in der nächsten Sitzung vielleicht einmal über deine Kindheit sprechen?"

„Nein!"

Das war eindeutig. Sie einigten sich auf eine Weihnachtspause.

■■

BODO UND GUDRUN VERSÖHNEN SICH

Bodo und Gudrun liebten die italienische Küche. Corona ließ glücklicherweise noch die Möglichkeit eines Restaurantbesuches nach der 2G-Regelung. Beide waren dreifach geimpft. In der Woche war es zudem angenehm leer in den Restaurants, was die Ansteckungsgefahr zusätzlich kleiner machte.

Die kurze, aber heftige Auseinandersetzung hatte beiden zu schaffen gemacht. Sie dachten, ein italienisches Essen mit einem Gläschen Rotwein wäre der geeignete Rahmen für eine Versöhnung. Bodo mochte gern Nudelgerichte und Gudrun bestellte Saltimbocca. Bevor das Essen serviert wurde, nahm Bodo Gudruns Hände und eröffnete mit:

„Ich liebe dich."

„Ich liebe dich auch."

Stille. Sie schauten sich tief in die Augen, bis sie lachen mussten.

„Wie das war's schon?", fragte Gudrun.

„Scheint so!", antwortete Bodo.

Sie lachten wieder und stießen mit den Rotweingläsern an. Dann unterhielten sie sich über die verschiedenen Kochkulturen. Gudrun kam zu dem Schluss, dass die Seele das wichtigste bei jedem Gericht sei, und ein guter Koch immer versuchen müsse die Seele des Gastes zu erreichen. Da war sie wieder, die Seele.

ALEXIS UND DIE SCHÖPFERISCHE PAUSE

Das Jahr ging zu Ende. Alexis hatte bereits vor einigen Wochen aufgehört neue Songs zu produzieren. Erstens war seine selbst auferlegte Testzeit für sein Comeback abgelaufen und zweitens würde das Weihnachtsgeschäft der Major Labels auch alles andere überdecken. Vor Weihnachten hatte er noch vier Musikalben mit älteren Songs veröffentlicht. Das war sozusagen sein persönlicher Schlussakkord für die vergangenen 3 Jahre. Das erste Jahr davon war quasi seine Lehrzeit in der Produktion elektronischer Musik gewesen.

Eigentlich wollte er jetzt ein Fazit ziehen, aber irgend etwas klemmte dabei. Einige Aspekte waren klar. Er hatte mit seinem kleinen Musiklabel viele Hörer erreicht, was ihm einen Erfolg suggerierte, aber das finanzielle Ergebnis sprach eine ganz andere Sprache. Interessanterweise stand das genau im Gegensatz zu seiner ersten Musikerkarriere. Die hatte ihm kein Erfolgsgefühl hinterlassen, aber seine Familie vorzüglich ernährt. Das war irgendwie verrückt.

Bisher war Musik in Alexis' Leben immer mit dem Ziel des Broterwerbs verbunden. Obwohl ihm eigentlich klar war, dass sich das mit einem Rentenbezug faktisch ändern würde, änderte es nicht seine unbewusste Haltung. In seinem Unterbewusstsein stand geschrieben, dass man Musik machte, um dafür bezahlt zu werden. So denkt ein Profi eben!

Die Reaktionen von Bodo und Gudrun auf seinen Lebenslauf hatten ihn nachdenklich gemacht. Er versuchte ihn noch einmal ganz sachlich und einfach aus der Sicht eines Dritten zu rekapitulieren.

Alexis war ein ruhiges, introvertiertes Kind. In jedem Zeugnis der Unterstufe des Gymnasiums stand die Bemerkung, dass er zu ruhig sei. Dann kam die Pubertät und es bildeten sich die ersten Cliquen in der Schule. Da er eine künstlerische Neigung hatte, war seine Clique kunstinteressiert, und Alexis konnte ganz gut Trompete spielen. Im Alter von 15 Jahren durfte er dann ein paar Monate in einer regional erfolgreichen Coverband aushelfen. Die für ihn üppigen Gagen polierten sein eher unterentwickeltes Selbstwertgefühl auf. Er machte zudem die Erfahrung, dass Musik etwas mit Arbeit zu tun hat. Er wollte nun Berufsmusiker zu werden. Eine diesbezügliche Nachfrage beim Trompetenlehrer endete allerdings im Urteil ‚unge-

eignet'. Von da an ging seine Vorstellung von einem ‚geeigneten' Beruf ins Leere.

Das Abitur kam schneller als erwartet und ein Studium stand an. Da das Elternhaus keinen Bezug zu akademischen Laufbahnen hatte, war es der Fantasie von Alexis überlassen, was das richtige Studium war. Doch die Fantasie von Alexis war blühend und er hatte die Gabe sich in viele Szenarien hinein zu fantasieren. Ein Anlauf zum Architekturstudium scheiterte an Formfehlern. So fuhr er schließlich einfach zur nächstgelegenen Universität und fragte im Immatrikulationsbüro nach Empfehlungen. Ein junger Assistent schaute sich sein Abiturzeugnis an und entschied, dass Germanistik, Philosophie und Musikwissenschaft die richtige Wahl wäre.

Fünf Jahre später zweifelte Alexis an dieser Wahl, zumal er sein Geld bereits mit Musik verdiente. Das dann auch zu studieren, erschien ihm folgerichtig. An der nächstgelegenen Musikhochschule gab es keinen Studiengang für Jazz, wo Alexis mittlerweile stilistisch gelandet war. Die naheliegendste Lösung war ein Studium zum Orchestertrompeter. Alexis hatte unterschätzt, wie fürsorglich die Studenten an der kleinen Elitehochschule behandelt wurden, um den vermeintlichen Berufswunsch zu realisieren. Aber auch ein Leben als Orchestertrompeter hatte Platz in seiner Fantasie.

Die Herausforderungen, sowohl im Jazz akzeptiert zu werden, als auch das klassische Metier zu meistern, machten ihn zwar stolz, aber er spürte auch Anzeichen von Überforderung. Die jeweiligen Kollegen haben unterschiedliche Geisteshaltungen und die Sensorik bezüglich der Gruppenzugehörigkeit ist stark ausgeprägt.

Er empfand sein Orchesterexamen als Befreiung von dieser Last und wollte sich fortan dem Jazz widmen. Unglücklicherweise war ein Absolvent der Musikhochschule ein gefragtes Objekt für Orchesteraushilfen und man konnte gutes Geld dabei verdienen. Etwas später gesellten sich Anfragen von Theatern dazu. Alexis galt als sehr anpassungsfähig und künstlerisch begabt.

Alles ging folgerichtig weiter und ein Musikgenre nach dem anderen gesellte sich dazu. Alexis war eine gefragte Aushilfe und Studiomusiker für alle Genres geworden. Nachdem er mit 35 Jahren die Schallgrenze von 300 Gigs im Jahr erreicht hatte, ging es körperlich und seelisch bergab. Er kämpfte sich noch 5 Jahre auf diesem Level durch die unterschiedlichsten Musikszenen, bis sein Körper und seine Seele eine eindeutige Entscheidung trafen, und die hieß ‚Burnout'.

Alles war naheliegend und folgerichtig, aber wo war das Leitmotiv von Alexis? Und warum empfand er heute die erste Karriere als erfolglos?

■■

GUDRUNS KURZE BEKANNTSCHAFT MIT ALEXA

Am ersten Schultag nach den Weihnachtsferien kam Gudrun geknickt nach Hause. Bodo merkte sofort, dass etwas in der Schule vorgefallen war.

„Was ist passiert?", fragte er sofort besorgt.

„Ich habe eine neue Schülerin in der Klasse, die bereits als ‚schwierig' angekündigt war. Das ist allerdings weit untertrieben. Das Biest ist ein Teufelchen."

„Ist sie doof?"

„Nein, im Gegenteil, hochbegabt. Sie soll angeblich eine vielversprechende Karriere als Pianistin vor sich haben."

„Warum ist sie dann nicht an einer Eliteschule für hochbegabte junge Künstler?"

„Weil Corona etliches durcheinander gewürfelt hat und sie momentan die Schulpflicht bei uns absitzen muss."

„Ist sie vorlaut?"

„Nein, gar nicht. Sie braucht sich nicht zu äußern, um ihre Verachtung zu zeigen. Sie macht das auf eine unnachahmliche Art. Es geht dir durch Mark und Bein, wenn sie deinen Schwachpunkt sofort findet."

„Welchen Schwachpunkt hat sie denn bei dir gefunden?"

„Du weißt, dass ich immer freundlich und engagiert mit meinen Schülern umgehe, aber auf Distanz bestehe. Und genau diese Distanz hat sie gleich beim ersten Mal verletzt. Ich bat sie sich der Klasse vorzustellen und sie sagte, dass ich das doch selbst machen könne, weil ich ja alles aus ihrer Akte wisse. Das sagte sie ganz ruhig mit einem Lächeln, das dir das Blut in den Adern gefrieren lässt."

„Wie heißt das Aas denn?"

„Alexa."

„Auweia! Alexa und Alexis, was für ein Zufall. Vielleicht sollten wir unseren Urlaub in diesem Jahr in Alexandria machen", scherzte Bodo.

„Lieber nicht. Wahrscheinlich wimmelt es da von solchen Idioten."

„Ich glaube, dass man weder Alexa noch Alexis als Idioten bezeichnen sollte", wurde Bodo ernst.

„Du weißt doch, wie ich es meine", lenkte Gudrun ein.

Bodo blieb ernst: „Zwei künstlerische Persönlichkeiten. Alexis zeigt eher Selbstzweifel, aber Alexa's Verhalten deutet auf ein überzogenes Selbstwertgefühl hin."

„Jetzt redest du schon wie ein Psychologe, Bodo. Als ,Hans Dampf in allen Gassen' hast du mir besser gefallen."

„Der Fluch des neuen Jobs. War das eigentlich alles, was dich so aus der Fassung gebracht hat?"

„Das ist ja das Seltsame. Alexa bringt die Dinge immer sofort auf den Punkt. Eine Wiederholung ist unnötig um die Wirkung voll zu entfalten."

Am nächsten Tag kam Gudrun mit verweinten Augen nach Hause.

„Schon wieder Alexa?" Bodo ahnte bereits den Anlass für Gudruns Tränen. So hatte er sie noch nie erlebt. Gudrun begann wieder zu weinen. „Das ist eine seelenlose Psychopathin", sagte sie schluchzend und verschwand in ihrem Zimmer.

■■

VIERTE SITZUNG MIT ALEXIS

Noch bevor Alexis seinen Mantel aufgehängt hatte, zog er einen USB-Stick mit einem zusammengefalteten Blatt Papier aus der Manteltasche. „Bevor ich es nachher vergesse. Ich habe eine ungewöhnliche Mozart-Interpretation für deine Frau kopiert und ein paar Zeilen dazu geschrieben. So mag ich Mozart."

„Vielen Dank, meine Frau wird sich freuen", sagte Bodo.

Tauwetter hatte eingesetzt und es war ein trüber, ungemütlicher Tag, der Bodo bereits morgens auf den Magen geschlagen war.

„Nimm es mir nicht übel, wenn ich vielleicht heute etwas schroff reagiere, aber solche Tage machen mich depressiv."

Als sie es sich bequem gemacht hatten, eröffnete Bodo das Gespräch: „Ich bin nicht besonders gut vorbereitet und habe schlechte Laune. Fang einfach an."

Alexis nickte verständnisvoll und begann: „Ich habe eure Irritation bezüglich meines Lebenslaufes bemerkt und noch einmal meine erste Musikerkarriere mit Distanz betrachtet. Mir ist bewusst, dass es wieder Richtung Therapie tendiert und du kein Therapeut bist und auch nicht sein willst, aber unser eigentliches Thema spielt dabei eine große Rolle. Ich versuche es kurz zu machen. Alles war Zufall und hat sich fast ohne mein Zutun ergeben. Mein Geist hatte die volle Kontrolle und der Geist will nur das offensichtlich beste für das Ego. Ich habe Musik gekämpft und nicht empfunden. Es ging eigentlich nur darum, nicht als Versager dazustehen und alle Herausforderungen, die sich ergaben, widerstandslos anzunehmen. Ich habe meine Seele ignoriert und es ging nur um Geld und Wohlstand für meine Familie. Das ist zwar nicht schändlich, aber so ist der Seelenmüll entstanden. Meine Seele hatte offenbar einen anderen Plan mit mir, aber ich habe alles Störende beiseite geschoben. Deshalb war auch alles so anstrengend."

„Ich, ich, ich!". Bodo war genervt. „Kannst du dir vostellen, dass ich auch eine Seele habe? Und die sagt mir gerade, dass du ein Egozentriker bist, und ich unseren Vertrag kündigen sollte."

„Bravo, Bodo. So sollte es sein!"

Bodo sprang auf und schüttelte den Kopf: „Nein, so geht es nicht, Alexis. Du missbrauchst mich!"

„Bitte Bodo! Gib jetzt nicht auf! Ich verspreche dir, dass es das letzte Mal war, dass ich von mir gesprochen habe. Wir könnten doch annehmen, dass meine Selbsterkenntnisse Indizien für die Existenz der Seele neben dem Geist sind und das als Beobachtung festhalten."

Bodo war jetzt etwas zugänglicher. „Wenn du mir noch ein allgemeines Indiz lieferst, das nichts mit dir zu tun hat, würde ich es mir noch einmal überlegen."

Alexis überlegte verzweifelt. Bodo hatte ja Recht, dass er zu viel von sich selbst ausging, aber da gab es doch auch noch andere Hinweise, oder? Leider hatte Alexis so viel mit sich zu tun, dass er alles sofort in vermeintliche Lösungen extrahierte. Alles musste bei Alexis schnell in verwertbare Nahrung umgewandelt werden. Ein Überlebensrezept, das er eigentlich jetzt gar nicht mehr brauchte. Selbst wenn er bis zu seinem Lebensende gar nichts mehr machte, könnte er mit seiner Rente überleben. Dann fiel ihm ein Podcast ein, den er vor kurzem gehört hatte.

„Da gibt es einen Coach, der auf der Basis von Astrologie arbeitet. Er erzählt von vielen Fällen, bei denen seine Seelenarbeit die Menschen wieder glücklich gemacht hat. Die hatten auch alle ihre Seele ignoriert!"

„Willst du mich verarschen, Alexis? Astrologie?" Warum überkam Bodo plötzlich das Gefühl, dass er seinem Klienten weit überlegen war, und dieser nur ein verwirrter Naivling war? Der Glaube an die Astrologie war für Bodo ein Beweis für die grenzenlose Verblödung von Esoterikern.

„Hast du schon einmal eine ausführliche astrologische Analyse deines eigenen Wesens gelesen?" konterte Alexis.

Natürlich hatte Bodo das nicht.

„Es ist verblüffend, wie genau dein Charakter dabei getroffen wird. Ich sage ja nicht, dass es alles wahr ist, aber es ist verblüffend. Und dann gibt es noch eine beliebte Persönlichkeitsanalyse im Internet. Du kannst es einmal kostenlos ausprobieren. Viele Bekannte von mir haben es gemacht und waren absolut überwältigt!"

Bodo konnte das nicht vernünftig kontern und schlug vor, dass er es einmal ausprobieren wollte, um nicht als Ignorant dazustehen. Alexis schrieb Bodo ein Suchwort für die Persönlichkeitsanalyse auf, stand auf und sagte, dass er Bodos Lebenszeit nicht unnötig beanspruchen wollte und seine Recherchen in der Sache ja auch Zeit kosteten. Er verabschiedete sich freundlich, zog seinen Mantel an und verließ das Haus.

ALEXA LOMBARDI

Alexa Lombardi wurde als Tochter des bekannten Gehirnchirugen Guiseppe Lombardi und der Cellistin Anna Homler 2006 in Bozen geboren. Sie erhielt von Kindesbeinen an Klavierunterricht von ihrer Mutter und spielte ihr erstes Konzert im Alter von 9 Jahren. Maurizio Pollini entdeckte ihr ungewöhnliches Talent und unterrichtete sie fortan. Später wurde sie auch von Daniel Barenboim gefördert. Barenboim beschrieb sie einmal als ‚Bildhübsche Kratzbürste mit abgrundtiefer Seele'. Internationale Aufmerksamkeit erregten ihre extrem zarten Mozart-Interpretationen.

■■

GUDRUN HÖRT MOZART

Gudrun würde bald von der Lehrerkonferenz heimkommen. Bodo nahm den USB-Stick, den ihm Alexis für Gudrun gegeben hatte und entfaltete den Zettel.

Liebe Frau Schilling,
ich hörte von Bodo, dass Sie Mozart lieben. Hier eine Aufnahme einer meiner Lieblingskompositionen von Mozart. Es ist die Klavierfantasie in C-Moll.

Es spielt die blutjunge Alexa Lombardi. Bedenkt man Alexas Alter von 15 Jahren, ist es eine erstaunlich reife Interpretation. Alexa selbst sagt zu diesem Stück:

‚Eine von Mozarts besten Kompositionen. Mozart erforscht alle menschlichen Emotionen in dieser Fantasie. Als ich sie zum ersten Mal hörte, mochte ich die plötzlichen Schwankungen von langsam zu schnell und wieder zurück nicht. Jetzt weiß ich sie zu schätzen, denn ich erkenne, dass Stimmungsschwankun-

gen zum Leben gehören und Mozart jede uns be-
kannte Emotion erforscht und in Töne malt.'

Bodo erstarrte. Das konnte er Gudrun nicht antun. Andererseits war das ein hervorragender Test für seine Arbeit mit Alexis. Wie würde Gudrun auf die Musik reagieren, ohne zu wissen, wer da spielt? Es war gefährlich aber reizvoll. Er entschied sich Gudrun nur den Stick mit besten Grüßen von Alexis zu geben und dann abzuwarten, wie Gudrun reagiert. Ihm war nicht wohl bei diesem Plan, aber die Neugier siegte.

Nachdem sie zu Abend gegessen hätten, würde heute wieder jeder in seinem Zimmer verschwinden, weil kein gemeinsames Programm anstand. Diesen Moment galt es zu nutzen. Beim Abendessen fragte Bodo noch scheinheilig nach dem Stand der Dinge mit Alexa und war erleichtert zu hören, dass Alexa die Schule bereits wieder verlassen hatte. Nach Gudruns Angaben hatte man genug Privatlehrer gefunden, die sich nun mit dem Mädchen herumzuschlagen hatten.

Als Gudrun sich aufmachte in ihr Zimmer zu gehen, passte Bodo den Moment ab: „Hast du Lust gemeinsam etwas Musik zu hören? Alexis hat etwas für dich aufgenommen."

„Das ist ja sehr nett von Alexis, aber ich habe keine Lust seine Musik zu hören."

„Es ist nicht seine Musik, sondern eine Mozart-Interpretation."

„Soviel Einfühlungsvermögen in andere Menschen
hätte ich ihm gar nicht zugetraut. Das ist ja wirklich
nett."

„Es ist eine Klavierfantasie. Das dauert bestimmt nur
ein paar Minuten. Ist ja kein ganzes Klavierkonzert."

„Na gut, lass es uns zusammen hören. Das machen
wir ja sonst sehr selten."

„Vielleicht sollten wir uns einmal überlegen, warum
das so ist, oder? Wir haben eine teure Musikanlage
hier im Wohnzimmer, die wir kaum nutzen."

Bodo steckte den Stick in die Buchse der Musikanlage und setzte sich mit der Fernbedienung neben
Gudrun auf die Couch. Er legte liebevoll den Arm um
seine Frau, gab ihr einen Kuss und startete die Musik.

Bodo hatte nicht viel Ahnung von klassischer Musik,
aber sowas hatte er noch nicht gehört. Zuerst dachte
er, der Lautstärkepegel wäre zu niedrig eingestellt,
bis er merkte, dass es absichtlich so leise war.

Das sollte ein kleines Miststück gespielt haben? Unmöglich! Aus den Augenwinkeln sah er, dass Gudrun
die Augen geschlossen hatte, und sehr friedlich aus-
sah. Das Stück war doch länger als er vermutet hatte,
etwa 13 Minuten lang. Die Fantasie klang mit einigen
kraftvollen Arpeggios aus.

Bodo schaute Gudrun neugierig an. Gudrun hauchte: „Wunderbar. So etwas Beseeltes habe ich lange nicht gehört. Ich wette, dass es eine Frau gespielt hat. Wer war das?"

Jetzt war der Moment gekommen. Bodo hatte einen Kloß im Hals und fühlte sich schuldig. Er konnte nichts sagen und gab Gudrun wortlos den Zettel von Alexis.

Gudrun las die Zeilen und ihre Gesichtszüge versteinerten. Sie warf den Zettel Bodo vor die Füße, ging wortlos in ihr Zimmer und schlug die Tür zu. Dieses Mal wollte Bodo es nicht auf eine spätere Versöhnung ankommen lassen. Er ließ ein paar Minuten vergehen und klopfte dann vorsichtig an Gudruns Tür. „Gudrun, darf ich rein kommen?"

„Ja, komm rein."

Gudrun war sichtlich wütend. „Bist du verrückt geworden? Ich bin doch nicht euer Versuchskaninchen. Das ist wirklich ein infamer Akt. Sowas können sich nur Männer ausdenken."

Bodo versuchte, so zart wie möglich zu sein: „Ich schwöre dir, dass es nicht geplant war. Alexis wusste gar nichts von deiner Geschichte mit Alexa. Wir unterhalten uns nicht über dich. Und schon gar nicht im Stile einer Männerfreundschaft. Alexis und ich hatten sogar in der letzten Sitzung eine harte Auseinandersetzung. Ich wollte den Auftrag sogar hinschmeißen."

„Du willst doch nicht im Ernst behaupten, dass es nicht geplant war, mich erst die Musik hören zu lassen, und dann die Keule auszupacken."

Bodo drückste herum: „Ich würde es nicht einen Plan nennen. Ich wusste erst nicht so richtig, was ich machen sollte, als ich las, dass die Einspielung von Alexa war. Dann kam ich auf die zugegeben blöde Idee, dass wir es uns gemeinsam anhören, und ich dir danach die Informationen liefere. Ich hatte es ja auch nicht vorher gehört."

„Ja, aber du wusstest, was das in mir auslöst."

„Ich wusste, was die Information auslöst, aber ich habe nicht geahnt, wie die Musik wirkt. Diesen extremen Gegensatz habe ich so nicht erwartet. Ich habe auch noch nicht erlebt, dass Musik dich so berührt."

Gudrun schaute zu Boden: „Tut sie auch normalerweise nicht. Das ist ja das Schockierende an der Sache. Dieses Biest Alexa verletzt und streichelt meine Seele zugleich. Das kann ich kaum ertragen."

„Aber du musst zugeben, dass es interessant ist."

Gudrun starrte Bodo entgeistert an und schrie: „Interessant? Interessant? Du findest es interessant, wenn ich den Boden unter meinen Füßen verliere?"

Gudrun brach in Tränen aus und Bodo konnte seine Tränen auch nicht mehr zurückhalten. Sie weinten hemmungslos und reinigten ihre Seelen. Dann küssten sie sich leidenschaftlich, bis die Begierde die Kontrolle über beide Körper übernahm, die sich in einem wilden Akt vereinten.

■■

EIN GESPRÄCH UNTER FRAUEN

Gudrun hatte Bedarf nach einem Gespräch mit ihrer besten Freundin. Sie rief Elke an und sie vereinbarten ein Treffen in einem kleinen Café in der Innenstadt.

Elke Holzer führte mit ihrem Mann eine kleine Bäckerei im nahegelegenen Nachbarort nach alter Handwerkstradition. Es war ein Geheimtipp in der Region und auch Gudrun war dort Stammkundin. Kennengelernt hatten die Paare sich allerdings bereits vorher auf einer Silvesterparty in der Stadthalle. Sie waren Tischnachbarn und im Laufe des Abends entwickelte ein reger Gedankenaustausch, der später in einer Freundschaft mündete.

Die Holzers waren etliche Jahre älter, was aber der gegenseitigen Sympathie keinen Abbruch tat. Elke entwickelte sogar mütterliche Gefühle für die manchmal einsam erscheinende Lehrerin, deren Mutter zu früh gestorben war. Nachdem sie Platz genommen hatten, eröffnete Elke: „Was lastet denn auf deiner Seele, Schätzchen?"

Gudrun erzählte die ganze Geschichte mit Alexa und Alexis ausführlich. Elke war eine ausgezeichnete Zuhörerin. Als Gudrun das Ende erreicht hatte, sagte Elke: „Nur damit ich es richtig verstehe, die Sache mit Alexa ist doch vorbei, oder?"

„Eigentlich schon, sie ist nicht mehr auf unserer Schule, aber die Kränkungen wirken noch nach." Elke relativierte: „Ich will dich ja nicht auch noch kränken, aber 2 Tage mit einer renitenten Göre sollten dich wirklich nicht so aus der Bahn werfen. Da muss doch noch was anderes im Busch sein. Hast du dich mit Bodo verkracht?"

„Seit er diesen Alexis coacht, haben wir ständig Auseinandersetzungen. Aber im Grunde genommen verstehen wir uns nach wie vor gut."

„Was ist das denn für ein Typ, der so stark in eurem Leben wirkt? Das mit Mozart ist doch nur ein unglücklicher Zufall. Das solltest du nicht so eng sehen."

„Mir geht der ja ziemlich am Arsch vorbei, aber Bodo wird stark beeinflusst."

„Naja, ein Coach muss sich mit seinen Klienten nun einmal auseinandersetzen. Einem Arzt geht es ja auch nah, wenn ein Patient unter seinen Händen stirbt. Vielleicht hat sich Bodo grundsätzlich mit der Aufgabe als Coach übernommen. Ist das denn wirklich so ein schwerer Fall? Kennt ihr denn auch den richtigen Namen dieses geheimnisvollen Alexis?"

Gudrun nannte den Namen.

Elke riss erstaunt die Augen auf: „Das soll ein schwerer Fall sein? Wir kennen ihn. Er hat vor ein paar Jahren unsere Software für den Betrieb programmiert. Das ist doch ein ganz ruhiger, freundlicher Mann. Vollkommen unkompliziert. Und der war einmal Musiker? Das kann ich mir gar nicht vorstellen. Er hat nie ein Wort darüber verloren."

„Ich habe ihn ja auch genau so wie du ihn beschreibst kennengelernt, aber für Bodo scheint er ein Buch mit sieben Siegeln zu sein."

„Das hört sich aber eher wie ein Problem von Bodo an. Wenn euer Alexis wirklich unser Mann ist, dann stimmt da etwas nicht. Glaub mir, ich bin ein guter Menschenkenner. Der war etliche Male bei uns und er ist ein Normalo, wie er im Buche steht. Genauso wie unser Nachbar und Stammkunde, ein international bekannter Maler. Der hat ja seine Bilder nicht unter dem Arm, wenn er zu uns kommt und wir etwas ratschen."

„Aber du weißt doch nicht, wie er ist, wenn er malt. Vielleicht ein ganz anderer Mensch."

„Ich bin auch ein anderer Mensch, wenn ich mit meinem Mann das Geschäft kalkuliere. Das hast du natürlich noch nie mitbekommen. Mein Mann ist ein Bäcker aus Leidenschaft. Er würde auch noch backen, wenn wir Pleite wären. Da muss ich sehr streng sein. Da fliegen die Fetzen, Schätzchen."

„Kann ich mir nicht vorstellen!"

„Ist aber so!"

„Und Alexa?"

„Das Gleiche in Grün. Sie IST momentan eine pubertierende renitente Göre und genau so hast du sie kennengelernt. Wenn sie Musik macht, ist sie aber eine frühreife Künstlerin. Du hattest das Pech, sie in beiden Rollen zu erleben. Das ist Zufall. Du konntest das nicht auseinanderhalten. Ab sofort wirst du es können. Eine neue Erfahrung."

„Und Alexis und Bodo?"

„Auch das Gleiche. Bodo wirft den Menschen mit dem Künstler in einen Topf. Das muss schief gehen. Wie alt ist Alexis denn jetzt?"

„66. Er ist gerade in Rente gegangen und spricht dauernd von Seelenmüll."

„Warte bis Hans und ich in Rente gehen, dann haben wir vielleicht auch die Zeit unseren Seelenmüll aufzuarbeiten. Momentan kämpfen wir aber noch ums Überleben. Du bist beamtet und hast das Gefühl noch nicht erlebt und Bodo ist ein Bonvivant, der wahrscheinlich auch zum ersten Mal mit Überlebenskampf in Kontakt kommt. Ihr habt auch keine Kinder. Ich will dir nicht wehtun, aber so sieht es aus."

Gudrun wurde ganz still. Elke nahm ihre Hände und schaute gütig in Gudruns Augen: „Ich freue mich doch für euch, dass bei euch alles harmonisch ist, aber die Welt um euch herum ist wild und gefährlich. Wenn euch das bewusst wird, könnt ihr noch glücklicher zusammen sein."

Elke musste zurück ins Geschäft. Sie umarmten sich zum Abschied und Gudrun sagte leise: „Danke, Elke. Du bist ein Schatz."

■■

BODO MACHT DEN TEST

Bodo öffnete seinen Internetbrowser und gab das Suchwort ein, das ihm Alexis aufgeschrieben hatte. Die Website erschien ganz oben in den Suchergebnissen und versprach verblüffende Ergebnisse. Natürlich stand ein Geschäft dahinter, aber es gab auch eine kostenlose Probe des Services, der nur ein paar Minuten dauern sollte. Das kostenpflichtige, ausführliche Ergebnis richtete sich wohl hauptsächlich an Personaler, die so Bewerber einschätzen können sollten. Das löste bereits Unbehagen in Bodo aus. Er begann mit dem Test, der aus ein paar dutzend Aussagen zu alltäglichen Situationen bestand. Ob die Aussagen für die Testperson zutrafen oder nicht, musste auf einer Skala von ‚Stimmt' bis ‚Stimmt nicht' bewertet werden.

Einige Aussagen konnte Bodo leicht voll mit ‚Stimmt' bewerten, andere mit ‚Stimmt nicht'. Es kam aber oft vor, dass sich sein Mauszeiger auf der Skala von einem Extrem ins andere bewegte. Dann nahm Bodo meist die Mitte. Das hatte eindeutig was von Zufall.

Nach ein paar Minuten war der Test bereits absolviert und das Ergebnis schoss regelrecht auf den Bildschirm. Bodo war angeblich ein ‚Protagonist'. Die Kurzbeschreibung stellte ihn als charismatisch und inspirierenden Initiator dar, der es versteht, seine Zuhörer zu fesseln.

Bodo sah sich im Geiste auf einer Bühne stehen. Sein Publikum applaudierte begeistert, ob seiner eindrucksvollen Rede. Das war er ganz bestimmt nicht! Er hatte schon die Schnauze voll und ersparte sich die Lektüre der ausführlicheren Charakterisierung.

Die erste Aufgabe von Alexis war damit für ihn abgearbeitet. Das nächste wäre nun Astrologie gewesen. Bodo überlegte einen Moment lang, wo er anfangen sollte, aber eigentlich war ihm klar, dass es ähnlich enden würde. Er klatschte vergnügt in die Hände und sagte zu sich selbst: „Fertig!"

■■

FÜNFTE SITZUNG MIT ALEXIS

Alexis war aufgekratzt. Offenbar war er gespannt auf Bodos Ergebnisse der Recherche. Bodo würde ihn böse enttäuschen müssen.

„Ich habe den Persönlichkeitstest gemacht", sagte Bodo.

„Und was kam raus?", fragte Alexis neugierig.

„Ich bin ein Protagonist."

„Ein Protagonist? Das bin ich doch, das kann ja gar nicht sein."

„Wieso kann das nicht sein?". Bodo ließ Alexis nichts von seiner Geringschätzung des Tests wissen. Er handelte strategisch, um seine Neugier auf Alexis' Reaktionen zu befriedigen. Das hatte Ähnlichkeit mit seinem Verhalten in der Mozart-Geschichte. Er schämte sich auch sofort, aber das Schiff hatte bereits Fahrt angenommen, und er kam nicht mehr von Bord.

„Wir sind doch ganz verschieden."

Bodo konterte: „Hast du nicht ganz am Anfang unserer Bekanntschaft gesagt, wir wären verwandte Seelen?"

„Das ist etwas ganz anderes. Charakter hat nichts mit der Seele zu tun." Alexis wirkte verärgert: „Gib Mal dein Notebook, ich mache den Test gleich nochmal. Es ist ja schon ein Jahr her, dass ich ihn gemacht habe."

„Glaubst du, dein Charakter hätte sich in diesem Jahr verändert?" Bodo entdeckte überrascht, dass er auch bissig sein kann. Alexis brachte ganz neue Facetten in ihm hervor. Bodo überreichte ihm das Notebook, das Alexis ihm regelrecht aus den Händen riss. Ohne auf Bodos letzte Frage zu antworteten, widmete er sich dem Test. Bodo ließ Alexis allein im Zimmer und ging in die Küche. Er hatte dort zwar nichts zu tun, aber er hatte keine Lust tatenlos zuzusehen, wie Alexis versuchte sein Ergebnis zu manipulieren. Nach etwa zehn Minuten kehrte er zurück. Alexis lächelte triumphal und rief: „Na also! Logiker! Ich war beim ersten Mal wohl nicht ehrlich zu mir selbst."

Bodo bekam Mitleid mit dem alten Mann, aber jetzt musste er da durch: „Oder jetzt nicht."

Man sah Alexis an, dass jetzt tausend Dinge durch seinen Kopf schossen. Er suchte einen Ausweg aus dem Dilemma, denn ihm war klar, dass Bodo recht hatte. Alexis war kein Dummkopf und Selbstzweifel waren sowieso in seinem Wesen tief verankert.

Dann löste sich der verkrampfte Mund von Alexis zu einem spitzbübischen Lächeln: „Ich mache mich gerade zum Affen, nicht wahr Bodo? Eine Lachnummer."

In Bruchteilen von Sekunden durchschossen Bodos Hirn Möglichkeiten einer diplomatischen Antwort. Er hatte wieder das unangenehme Gefühl der Überlegenheit gegenüber Alexis, entschied sich dann aber schlicht für die Wahrheit.

„Ja!"

Alexis Lächeln wurde noch breiter, bekam dabei aber einen Hauch von Bitterkeit. Bodo hielt das nicht mehr aus. Er ging zum Fenster und schaute hinaus. Dabei dachte er stumm: ‚Dein Humor oder besser gesagt deine Ironie samt Selbstironie sind nur ein Schutzschild. Du bist ein sensibles Kind in einem alten Körper'. Er hätte sich im Leben nicht getraut Alexis so etwas ins Gesicht zu sagen. Außerdem vermutete er, dass Alexis das bereits wusste. Er suchte nicht wirklich nach der Seele, sondern nach einem Ausweg.

„Meinst du, wir sollten hier unsere Suche abbrechen?", fragte Alexis in die Stille hinein. Das klang wahrhaftig.

Bodo hatte das Gefühl zu schweben und war regelrecht hingerissen von seiner Antwort: „Du hast gesagt, dass wir zur Not einen Indizienprozess führen müssten. Es fehlen die Schlussplädoyers."

Alexis stand auf, gab Bodo die Hand und fragte: „Reicht eine Woche zur Vorbereitung?"

„Auf jeden Fall. Ich denke, dass jeder von uns beiden das Plädoyer bereits in sich trägt."

Durch das Fenster sah Bodo wie Alexis sich gedankenversunken mit hängendem Kopf entfernte. Alexis empfand die Sitzung als niederschmetternde Niederlage. Sein Geist suchte nach Argumenten, die Milderung versprachen, aber seine Seele war dafür nicht empfänglich.

◼◼

NACHRICHTEN AUS ALLER WELT

Gudrun las gern die Zeitung. Die Corona-Pandemie beherrschte nach wie vor die Schlagzeilen der Titelseite. Die Inzidienzwerte sanken und die Wissenschaftler waren vorsichtig optimistisch, dass sich die Lage gegen Ende des Winters wieder normalisieren würde. Wirbelstürme in Nordamerika hatten große Verwüstungen angerichtet und bei einem Vulkanausbruch in Indonesien waren viele Menschen ums Leben gekommen. Gudrun blätterte weiter und eine Kurznachricht elektrisierte sie:

Klavierstar verschwunden

Wie die Polizei gestern bekannt gab, wird die 15jährige Alexa Lombardi seit 4 Tagen vermisst. Sie gilt als eines der größten Talente der klassischen Musikszene. Die Polizei schließt die Möglichkeit eines Verbrechens nicht aus, verweist aber auf das bekannt extrovertierte Verhalten des Jungstars.

Die Eltern des Mädchens hatten die Polizei einge-
schaltet, nachdem Alexa von einer Klavierstunde nicht
zurückgekehrt war. Der Fahrer von Alexa hatte ver-
geblich vor der Musikhochschule gewartet. Laut Poli-
zei ist es rätselhaft wie die junge Frau das Gebäude
verlassen hatte und was danach geschah. Sachdienli-
che Hinweise nimmt jede Polizeidienststelle entge-
gen.

Gudrun hätte gern über die Nachricht nachgedacht,
aber ihr Hirn war vollkommen leer.

■■

BODO SURFT IM INTERNET

Bodo hatte seine Arbeiten erledigt. Es waren kleinere Aufträge von Stammkunden. Da war die Ergänzung eines Excel-Sheets mit zusätzlichen Daten für eine Betriebsstatistik, das Formatieren eines wichtigen Geschäftsbriefes und die Anpassung eines Website-Impressums an die neuesten Gesetzesvorgaben bezüglich Datenschutz. Mittlerweile gab es zwar viel mehr Dienstleister für diese kleinen EDV-Leistungen als früher, aber die lokalen Gewerbetreibenden hielten ihm die Treue. Die Honorare waren immer noch so gut, dass Bodos Hinzuverdienst zu Gudruns Lehrergehalt für ein sorgenloses Leben ausreichten. Da Bodo bereits an seinem Computer saß, öffnete er seinen YouTube-Account, um sich ein paar Videos anzuschauen. Es nervte ihn zwar zunehmend, dass die Algorithmen der Social-Media-Kanäle immer genauer zu wissen glaubten, was ihn interessierte, aber immerhin trafen sie bisweilen noch seinen Geschmack.

Ihm war aufgefallen, dass immer mehr Videos über die Natur des Universums unter den Vorschlägen waren. Das konnte mit Bodos Recherchen für Alexis zu tun haben. Manchmal brauchte es nur einen gezielten Link, um eine ganze Lawine an Vorschlägen gleicher Art auszulösen. Bei Bodo begann das mit der Ansicht des Videos auf dem der erste Artikel von Alexis beruhte. Ein Video über die String-Theorie. Heute war ein Video über Stephen Hawking ganz oben in seiner Vorschlagsliste: ‚Stephen Hawking Knew What Happened Before the Big Bang'. Das war genau das Thema von Alexis. Was geschah vor dem Big Bang?

Das Video begann mit der Information, dass sich Hawking 20 Jahre lang mit diesem Thema beschäftigt hätte, und Stephen Hawking galt als Genie. Wie konnte Alexis sich anmaßen, da mitreden zu können? Wie nicht anders zu erwarten war, hatte selbst Hawking keine eindeutige Antwort. Bodo musste lachen, als er sich vorstellte wie Alexis mit einem Atomphysiker diskutierte: ‚Ich habe zwar keine Ahnung, aber könnte es nicht sein, dass ich die Antwort kenne?'

Vielleicht würden die Physiker aber interessiert zuhören, wenn er über die Seele in der Musik sprach. Er konnte famos fabulieren. Bodo wunderte sich, dass Alexis trotz aller Selbstkritik nie bemerkt hatte, dass er sich mit so vielen Dingen beschäftigte, denen er gar nicht gewachsen war. Oder hatte er das bereits bemerkt und schaffte nicht den Schritt sich das einzugestehen? Sah er es vielleicht als Versagen an? Es würde zu Bodos Verdacht passen, dass Alexis ein Problem mit dem Selbstwertgefühl hatte. Bodo hatte dieses Problem nicht. Er fühlte sich prächtig und die Auseinandersetzung mit Alexis hatte dieses Gefühl noch verstärkt.

Jetzt war es Bodo wieder genug mit dem Philosophieren und er wechselte zu TikTok um sich ein paar lustige Kurzvideos ‚reinzuziehen'.

■■

ELKE UND HANS

Die Luft für das Geschäft von Elke und Hans war dünn geworden. Die Stammkunden hielten ihnen zwar weiterhin die Treue, aber die Kosten für die Rohstoffe stiegen ständig und irgendwo hatte das Verständnis der Kunden für höhere Preise seine Grenzen. Zudem wurden die industriell gefertigten Backwaren immer besser. Der Geschmacksunterschied verringerte sich von Monat zu Monat. Mittlerweile konnten viele Probanden in Blindtests den Unterschied gar nicht mehr wahrnehmen. Obwohl sie das Haus samt Backstube und Ladenlokal von Hans' Vater geerbt hatten, reichten die Gewinne bald nicht mehr zum Leben aus. Elke rief eine Krisensitzung aus und natürlich folgte Hans dem Ruf der Chefin.

„Es muss etwas passieren, Hans." eröffnete Elke die Sitzung.

Hans nickte und hatte eine Idee parat: „Wir backen jetzt echtes Holzofenbrot. Im Garten könnten wir zwei Holzöfen bauen. Das wäre doch der Knüller, oder?"

„Hast du nicht mehr alle Tassen im Schrank? Wir wissen nicht mehr wie wir über die Runden kommen sollen und du schlägst neue Investitionen vor, die wir uns gar nicht leisten können?"

Elke schäumte vor Wut. Sie liebte ihren Mann für sein unkompliziertes, zartes Wesen, das in einem überdimensionierten Körper steckte. Diese Naivität war jedoch zu viel für sie: „Glaubst du wirklich, dass uns das auch nur einen Schritt weiter bringt? Wir sollten uns vielmehr überlegen, ob wir den Laden nicht dicht machen. Wir könnten Laden und Backstube in Wohnraum umwandeln, uns selbst verkleinern und von den Mieteinnahmen leben. Wahrscheinlich sogar besser als jetzt."

Hans war geschockt: „Du weißt, dass ich mit Leib und Seele Bäcker bin. Was soll ich denn dann machen?"

„Backen kann doch nicht der einzige Lebenssinn sein, der dir einfällt!"

Hans war verstummt und blickte zu Boden. Elke machte weiter: „Hallo Hans! Bodenstation an Raumschiff!"

Hans schaute trotzig Elke an: „Mein Vater hat bis zu seinem Tod gebacken!"

„Nein Hans, dein Vater hat seinem Sohn die Bäckerei zur rechten Zeit übergeben, und ist dann bis zu seinem Tod in der Backstube herumgegeistert und hat seine Finger ab und zu in den Teig gesteckt!"

„Ich könnte ja auch die Bäckerei an unsere Kinder übergeben und dort noch aushelfen, solange ich kann."

„Soll das ein Witz sein? Unsere Kinder haben mehr als einmal signalisiert, dass sie kein Interesse an der Bäckerei haben. Unser Sohn studiert Jura und möchte ins Ausland gehen und unsere Tochter möchte Designerin werden. Was geht denn da in deinem Kopf vor?"

Hans stand auf und sagte: „Ich muss jetzt den Sauerteig vorbereiten. Lass uns später noch einmal darüber reden."

Er gab Elke einen Kuss auf die Stirn und schlurfte mit gekrümmtem Rücken in die Backstube.

■■

FRÜHSTÜCK BEI SCHILLINGS

Es war ein sonniger Sonntagmorgen und ein milder Föhnwind schwappte über die Alpen. Die Sonne stand zu dieser Jahreszeit noch sehr tief und Bodo konnte Gudrun nur als Silhouette gegen das Fenster wahrnehmen. Er stand auf und schloss die Jalousien. Gudrun drehte sich zu ihm um: „Bitte lass die Jalousien oben, du weißt doch, dass ich das Licht liebe."

Bodo war nicht nach Argumentieren zumute und er öffnete sie wieder kommentarlos.

Als sie dann ihre Semmeln aufschnitten, eröffnete Gudrun das Gespräch: „Alexa ist verschwunden." Bodo war irritiert: „Ich weiß doch schon, dass sie nicht mehr in deiner Klasse ist."

„Nein, das meine ich nicht. Sie ist jetzt ganz verschwunden. Sie wird vermisst."

„Woher weißt du das?"

„Ich habe es in der Zeitung gelesen."

Bodo machte einen verwirrten Eindruck: „Und warum sagst du das erst jetzt so belanglos."

„Es ist doch für uns belanglos, oder?"

„Na ja, wie man es nimmt. Eine Schülerin verletzt in nur zwei Tagen deine Gefühle, verschwindet dann von der Schule, und jetzt vielleicht endgültig. Das hat doch etwas Dramatisches. Weiß die Polizei schon denn mehr darüber?"

„Ein Verbrechen scheint nicht in Frage zu kommen. Die Fakten des Verschwindens sprechen dagegen. Alexa hat sich wahrscheinlich absichtlich in Luft aufgelöst. Hat sich irgendwohin abgesetzt. Sie soll ihr Konto mit erheblichen Bareinlagen aufgelöst haben."

„Aber sie war doch erst 15."

„Alexa ist schlau. Sie wird einen Weg gefunden haben."

„Vielleicht hat sie ihre eigene Zerrissenheit nicht mehr ertragen."

„Genau das habe ich auch gedacht. Da wirst du wie ein Zirkuspferd von deinen Eltern dressiert und merkst dann, dass das nicht DEIN Leben ist. Alexa ist zwar erst 15 Jahre alt, aber man muss davon ausgehen, dass ihr Geist bereits sehr reif ist."

„Ihr Geist oder ihre Seele?"

„Ich meine ihren Geist. Ich habe inzwischen etwas über die Seele nachgedacht. Ich glaube nicht, dass jeder eine eigene Seele hat. Es ist der Geist, der durch Gene und Erfahrungen entwickelt wird. Er wächst mit der Zeit und steuert dann die Handlungen, so gut er kann. Der Geist korrespondiert zwar mit der Seele, hat dabei aber die Hosen an. Er kann die Seele auch zeitweise oder sogar lebenslang ignorieren. Alexa hatte durch die Musik intensiven Kontakt zur Seele und ihre Bedeutung erkannt. Da ihr Geist wach und erwachsen war, musste sie den Konflikt, der ja erkennbar in ihr wütete, auflösen."

Bodo starrte Gudrun an: „Und so eine tiefsinnige Analyse schleuderst du mir beiläufig beim Frühstück entgegen? Wo ich mich doch seit Wochen mit dem Thema beschäftige und keinen Schritt weiter komme?"

„Wahrscheinlich liegt es daran, dass du mehr Distanz zu dem Thema hast. Auch wenn es dich etwas durchgeschüttelt hat, so bist du bisher nicht persönlich verletzt worden, Bodo. Du bist noch jungfräulich. Dein Geist hat eine andere Entwicklung genommen. Deine in sich ruhenden Eltern leben noch, du hast nie große Verantwortung auf dich genommen und bist ein Bonvivant."

„Das war's dann wohl mit den fehlenden Verletzungen. Du hast es ja gerade geschafft." Bodo war verärgert.

Gudrun stand auf, stellte sich hinter Bodo und schlang ihre Arme um ihn: „Ich liebe dich so, wie du bist, Bodo. Außerdem glaube ich gar nicht, dass du wirklich beleidigt bist. Das ist nicht deine Natur. Du bist genauso im Gleichgewicht wie deine Eltern, weil du so aufgewachsen bist. Die Seele fühlt sich wohl mit deinem Geist. Du bist hilfsbereit, du kannst Liebe schenken, du kannst dich freuen und genießen. Und das Wichtigste ist, dass du dich und die Seele nicht überforderst."

„Du meinst, ich bin ein fauler Hund?"

„Was ist gegen faule Hunde einzuwenden? Sie sind doch nicht bösartig! Es können treue Gefährten sein, die ihre Aufgabe gefunden haben, und diese verlässlich erfüllen."

„Und warum werde ich dann jetzt immer wütender?"

„Das ist dein Geist. Er kämpft gerade mit den Normen unserer Gesellschaft, die nach Fleiß und Selbstaufgabe schreit. Hör nicht hin!"

Gudrun gab ihm einen langen Kuss und setzte sich wieder. Bodo hatte das Gefühl, dass er Gudrun doch nicht so gut kannte, wie er angenommen hatte. Er schaute sie lange an und merkte, wie er langsam wieder ruhiger wurde: „Sollen wir gleich noch einen Spaziergang machen? Das Wetter ist einfach zu schön."

Gudrun lächelte: „Das wäre wirklich schön. Ich freue mich."

■■

ALEXIS TRÄUMT IN DER NACHT VOR DER LETZTEN SITZUNG

Das Werk eines berühmten Komponisten sollte zum ersten Mal aufgeführt werden und Alexis war als Aushilfe engagiert, weil ein Trompeter erkrankt war. Es fing damit an, dass Alexis den Konzertsaal nicht finden konnte, obwohl er extra Stunden vorher losgefahren war. Plötzlich war das Auto auch noch weg. Ja, es war einfach weg und er saß auf einem Stuhl mitten auf der Straße. Jetzt wusste er gar nicht mehr, ob es schlimmer war, dass er sein Musikinstrument vergessen hatte, oder dass er nicht wusste, wie er zum Konzertsaal kommen sollte.

Das belastet ihn so sehr, dass er ein Stück der Handlung im Traum einfach wegließ. Er saß also plötzlich auf dem gleichen Stuhl mitten im Orchester.

Alexis schwitze extrem und der Schweiß lief ihm in Strömen herunter. Seine Füße standen schon im Wasser, als der Dirigent das Podium betrat. Das Wasser war so hoch, dass es ihm in die Schuhe lief. Bisher schien aber noch keiner irgendwas bemerkt zu haben.

Der Dirigent wandte sich ehrfurchtsvoll dem Komponisten zu, der in der ersten Reihe saß, und verbeugte sich. Alles war sehr feierlich. Dann drehte er sich zum Orchester, hob den Taktstock und schaute Alexis direkt in die Augen. Er lächelte freundlich und nickte ihm aufmunternd zu. Jetzt ging es los. Die Musik war sehr außergewöhnlich und alle Musiker bewegten sich in emotionaler Ekstase.

Darin sah Alexis seine Chance. Er stand auf und machte pantomimische Verrenkungen in Ermangelung eines Instrumentes. Er riss an seinen Haaren und stieß spitze Schreie aus. Alles schien bestens zu laufen. Der Dirigent machte einen zufriedenen Eindruck und auch der Komponist schien bis dahin mit der Aufführung einverstanden.

Alexis fühlte sich schon in Sicherheit, als plötzlich das Orchester verstummte. Der Körper des Dirigenten war gespannt wie ein Flitzebogen und sein Taktstock vibrierte in der Luft. Alle Musiker drehten sich zu Alexis um.

Es sollte offenbar eine Solopassage folgen. Der Zustand von Alexis war desolat. Das Hemd war zerrissen und hing aus der Hose. Der Frack war in einem jämmerlichen Zustand und alles war triefnass. Seltsamerweise zeigte keiner eine Irritation.

Jetzt hätte Alexis gern gewusst, was zu spielen gewesen wäre, damit er die Passage wenigstens pantomimisch interpretieren konnte, doch das Notenpult war leer.

Dann umfing ihn gnädige Dunkelheit. Er befand sich ohne Raumschiff in der Nähe einer fremden Galaxie. Mit triefnassem Frack und heraushängendem Hemd. Neben ihm schwebte der Komponist. Er lächelte verständnisvoll.

■■

BODO'S LETZTE RECHERCHE

A m nächsten Vormittag setzte Bodo sich vor den Bildschirm seines Rechners, rief den Browser auf und gab ‚geist vs. seele' in das Suchfeld ein. Er wollte sich für sein Plädoyer vorbereiten. Die Ergebnisliste war lang. Er ging alle Einträge der Seite durch und las nur die Titel und Zusammenfassungen. Das reichte bereits, um zu erkennen, dass Seele in zwei verschiedenen Bedeutungen benutzt wurde.

Die Hälfte der Websites waren biblische Interpretationen und Seele wurde mit Geist oft in den gleichen Bedeutungstopf geworfen. Er rief zwei Websites davon auf, aber die Interpretationen schienen Bodo ziemlich verstaubt und hatten auch nicht viel mit der Seele zu tun, wie sie in den Gesprächen mit Alexis und Gudrun zur Sprache kamen.

Er hatte ja schon befürchtet, dass die Unschärfe der Sprache ihnen noch einmal auf die Füße fallen würde. Die neurowissenschaftlichen Websites versprachen mehr Ertrag für ihre Suche. Die Hirnforschung war offensichtlich schon so weit fortgeschritten, dass die Titel bereits eine endgültige Lösung des Problems versprachen.

Er blieb bei einem Video hängen, das den Titel ‚Geist, Seele und Körper – endlich verstehen!' trug. Nach einer Minute schaltete er das Video jedoch wieder aus. Es fing auch mit der biblischen Interpretation an und machte offensichtlich nur den Versuch die unterschiedlichen Deutungen aufzuzeigen. Das brachte ihn jetzt nicht weiter.

Das nächste Video hatte den Titel: ‚Wie das Gehirn die Seele macht: Erklärt von Gerhard Roth'.

Das klang nach Wissenschaft und Bodo rief das Video auf. Es handelte sich um den Vortrag eines älteren Neurowissenschaftlers vor interessierten Laien. Das passte. Leider war das Video über eine Stunde lang, aber Bodo konnte ja abschalten, wenn er bereits alles verstanden hatte, was für ihn wichtig war.

Er schaute es aber mit wachsendem Interesse bis zum Ende an. Bereits am Anfang machte Roth deutlich, dass es sich bei der Seele, die hier besprochen wurde, nicht um die biblische Seele handelte. Er verwies kurz auf den Ursprung dieser Seelendeutung bei den antiken Philosophen und nannte sie auch ätherische Seele. Die großen griechischen Philosophen, wie Plato oder Aristoteles hatten sich bereits intensiv mit dieser Art von Seele auseinandergesetzt. Plato's Deutung schien Bodo am besten die Vorstellung von Alexis, aber auch Gudrun, zu treffen:

Die Seele existiert schon, bevor sie in den Körper ein-
zieht. Man nennt das die Präexistenz. In diesem Zu-
stand schwebt die Seele frei im Reich der Ideen. Dort
ist sie allwissend, weil sie alle Ideen direkt anschauen
kann. Insbesondere die Ideen des Schönen, Wahren
und Guten, die eigentlich nur eine einzige Idee sind.

Jetzt schwenkte Roth in die Hirnforschung ein und
skizzierte die historischen Meilensteine. Dann wurde
es konkret. Die letzten Forschungsergebnisse verror-
teten die Seele im Limbischen System, das Einfluss
auf den Verstand in der Großhirnrinde hat, aber angeblich nicht umgekehrt.

Das war eine herbe Enttäuschung für Bodo, denn das
würde die vermutete Auseinandersetzung zwischen
Geist und Seele ad absurdum führen. Die Hirnforschung sieht das Limbische System auch als Sitz des
Unterbewusstseins gegenüber dem Bewusstsein in
der Großhirnrinde. In Hinsicht auf die Psychotherapie
wurden dann noch Ursachen für krankhafte Entwick-
lungen des Unterbewusstseins vom Mutterleib bis
zum Alter von 15 Jahren aufgezeigt. In diesem Alter
wäre die Entwicklung des Temperamentes oder der
Persönlichkeit abgeschlossen.

Bodo dachte: ‚Alexa IST 15 Jahre alt'.

Bodo lernte dann noch die Amygdala kennen, die
angeblich nichts vergisst, und wo das Unterbewusstsein die Muster des Erlernten ablegt. Das Fazit war,

dass offensichtlich nicht der Verstand oder Geist die ‚Hosen anhatte', sondern die Seele, oder das Unterbewusstsein. Das war eindeutig nicht die zarte Seele, die sie suchten. Allerdings erkannte Bodo einige mögliche Ursachen für die Probleme von Alexis.

Dass Alexis nicht über seine Kindheit reden wollte, legte den Verdacht nahe, dass da einiges schief gelaufen war. Und wenn Roth recht hatte, konnte der Verstand das auch nicht so leicht reparieren. Dass es aber offensichtlich möglich war, die in der Amygdala lagernden Muster in langwierigen therapeutischen Prozessen und mit dadurch neu geschaffenen Hirnzellen im Hippocampus überschreiben konnte, war sicherlich tröstlich für die Betroffenen.

Bodo musste zurück zu Plato und startete eine erneute Suche nach ‚plato seele'. Informatiker pflegen zu sagen: ‚Google weiß alles' und neben den anderen Philosophen tauchten jetzt auch die Seiten der Schamanen, Astrologen und Seelenheiler auf, die sich also eher Plato's Definition als den Ergebnissen der neuesten Hirnforschung verbunden fühlten. Immerhin sind die alten Griechen eine gute Referenz. Zudem konnte man Einwände der Wissenschaft mit dem Argument totschlagen, dass das eine ganz andere Sache sei.

Bodo sah sich nun statt einer Trennung von Geist und Seele einem Dreisprung gegenüber. Ätherische Seele, Unterbewusstsein, Bewusstsein. Da er der Wissenschaft traute und das Unterbewusstsein offenbar das Bewusstsein steuerte, lief es auf die Frage nach dem Verhältnis von Unterbewusstsein und ätherischer Seele hinaus. Da er auch Alexis in seinen Gedanken zum Gott der Fülle als Synonym für die Seele folgen konnte, verkürzte sich alles auf ‚Unterbewusstsein vs. Seele/Gott'. Brachte ihn das weiter?

NEIN!

Ihm blieb nur der Respekt vor Alexis übrig, der mit seinem Begriff ‚Gott der Fülle' ganz nah bei Plato lag:

Die Seele ist allwissend, weil sie alle Ideen direkt anschauen kann.

Nun glaubte er schon eher, dass Alexis tatsächlich Philosophie studiert hatte. Da sich allerdings die Schamanen, Astrologen und Seelenheiler auch darauf bezogen, konnte man gleich alle in einen Sack hauen und munter draufhauen. Anscheinend kam immer irgendetwas sehr tiefsinnig erscheinendes heraus.

■■

LETZTE SITZUNG MIT ALEXIS

Dichter Nebel lag über der Stadt. Alexis machte einen verlorenen Eindruck. Sie setzten sich an den Besprechungstisch und nahmen erst einmal einen Schluck heißen Kaffee. Es tat beiden gut. „Soll ich anfangen?", fragte Bodo.

„Gern!", antwortete Alexis kurzsilbig.

Bodo stand auf und ging ganz wie ein Anwalt im Gerichtssaal hin und her: „Euer Ehren, liebe Geschworenen." Sie lachten beide und das Eis war gebrochen.

„Am Anfang des Prozesses gingen wir von einer Auseinandersetzung zwischen Geist und Seele aus. Die Indizien sprechen dagegen. Wenn wir Geist mit Verstand gleichsetzen, so beweist die Hirnforschung, dass wir mit dem Verstand, oder dem Bewusstsein, das unserer Intelligenz entspricht, einen Unschuldigen anklagen.

Das Bewusstsein hat einen Vorgesetzten, nämlich das Unterbewusstsein. Das Unterbewusstsein ist mit un-

serem Temperament, unserer Persönlichkeit gleich-
zusetzen. Die Entwicklung der Persönlichkeit beginnt
bereits im Mutterleib und endet im Wesentlichen im
Alter von 15 Jahren. Danach ist der Fisch geputzt.

Alle Persönlichkeitsstörungen stammen nicht aus den
folgenden Jahren und haben nichts mit dem zu tun,
was das Bewusstsein auch immer im täglichen Leben
entscheidet, oder glaubt zu entscheiden. Die Konflikte sind bereits als Muster in der Amygdala angelegt.
Das Überschreiben dieser eventuell krankhaften Muster sind nur durch eine langwierige Therapie möglich. Dabei werden auch neue Hirnzellen im Hippocampus gebildet. Soweit zu dem, was uns als Geist
vorschwebte.

Nun zur Seele. Unglücklicherweise nennt die Hirnforschung das Unterbewusstsein auch Seele. Damit wären wir fast am Ende der Beweisführung angelangt,
denn wenn sich unser Theaterstück an einem einzigen Ort abspielen würde, wäre es eine äußerst lausi-
ge Vorstellung. Glücklicherweise gibt es noch andere
Deutungen der Seele. Ebenso glücklicherweise befindet sich diese Seele an einem anderen Ort.

Diese Seele wird auch als ätherische Seele beschrieben und ist eigentlich gar nicht verortbar. Diese Seele hat verblüffende Ähnlichkeit mit dem ,Gott der Fülle' wie sie mein Kollege Alexis bezeichnet hat.

Die Kontaktaufnahme mit dieser Seele ist allerdings
den Schamanen, Astrologen oder Seelenheilern vor-

behalten, da die Wissenschaft sich mehrheitlich nicht mit Transzendenz beschäftigt. Wo die wissenschaftliche Betrachtung wegfällt, öffnet sich allerdings auch die Tür für Hochstapler aller Art. Um der Gefahr zu entgehen, einem Hochstapler in die Hände zu fallen, bleibt nur die ganz persönliche Auseinandersetzung mit seinen Gefühlen. Allerdings können wir an der Stelle wieder auf die Wissenschaft zurückgreifen, denn die Hirnforschung untersucht durchaus, wie Gefühle entstehen. Allerdings bleibt dabei weitgehend offen, was ein Gefühl letztendlich ausmacht.

Es ist und bleibt verwirrend. Zum Ende meines Plädoyers will ich nicht versäumen eine persönliche Konsequenz aus den Recherchen zu ziehen. Wenn es mir gut geht, kann ich davon ausgehen, dass sowohl Unterbewusstsein als auch eine angenommene ätherische Seele gleich schwingen. Damit erübrigt sich jede weitere Forschung nach den Ursachen, solange ich nicht mein Geld damit verdiene.

Wenn es mir nicht gut geht, sollte ich zuerst meine Persönlichkeitsmuster überprüfen, und eventuell mit der Hilfe eines Therapeuten überschreiben. Die ätherische Seele kann hier nur für den Moment des Kontaktes die Symptome lindern. Sollte ein dauerhafter Kontakt zur Seele möglich sein, so wäre es aber durchaus denkbar, dass damit auch die krankhaften Persönlichkeitsmuster überschrieben werden.

Mir geht es allerdings sehr gut und deshalb höre ich an dieser Stelle auf, weil ich erkannt habe, dass geistige Überforderung mir schadet. Vielleicht habe ich auch manchmal Kontakt zu einer ätherischen Seele, aber es gibt bei meinem Unterbewusstsein offensichtlich nichts zu reparieren, deshalb geht alles in einer undefinierbaren Lebensfreude auf."

Bodo war stolz auf sich. Das hatte er sich selbst nicht zugetraut. Und es hatte zudem immer noch Leichtigkeit. Er wusste aber, dass es bei einem neuen Fall dieser Art seine Leichtigkeit verlieren würde, und dass alles in Erwartung umschlagen würde. Er hasste Erwartungen.

Alexis hatte aufmerksam zugehört und dauernd in seinem Bart gewühlt. Er hatte bereits ein Schriftstück für sein Plädoyer vor sich liegen. Er faltete es wieder zusammen und steckte es in die Innentasche seines Tweed-Sakkos.

Dann stand er auf, ging zu Bodo und umarmte ihn. Es sagte leise: „Danke Bodo, du hast mir sehr geholfen. Leb wohl!" Dann ging er wortlos in den Flur, zog seinen Mantel an und verließ das Haus.

■■

ALEXIS TRÄUMT

In der folgenden Nacht hatte Alexis einen Traum. Er schlenderte über den Friedhof, der direkt auf der anderen Straßenseite seiner Wohnung lag. In Höhe der Gedenktafeln für Gefallene des zweiten Weltkrieges erschien plötzlich Alexa Lombardi neben ihm. Sie war einen halben Kopf größer als Alexis. Sie beugte sich etwas zu ihm herunter, sodass ihr Mund ganz nah an seinem Ohr war: "Begehrst du mich?" flüsterte sie.

Selbst im Traum empfand Alexis Schamgefühle und wich der Frage aus. "Du bist ein hübsches Mädchen und ich bin ein alter Mann."

"Danach habe ich nicht gefragt", flüsterte Alexa, "ob du mich begehrst, war meine Frage. Alle Männer begehren mich, aber fast alle haben Angst das zuzugeben. Es sind Feiglinge. Bist du auch ein Feigling?"

Alexis beugte seinen Kopf herunter: "Ja, ich bin auch ein Feigling."

Alexa war wieder verschwunden. Der Friedhof sah ganz anders aus als vorher. Es war ein Friedhof in seiner Geburtsstadt. Alexis wusste, was das für den Fortlauf des Traumes bedeutete.

Er würde wieder verzweifelt nach dem Heimweg suchen. Dann käme noch die ihm schon geläufige Szene, wo er seine sterbende Mutter im Krankenhaus besuchen würde, und er sie nicht erkennen konnte. Schließlich stand sie unlösbare Aufgabe an, nicht nur Weg, sondern auch Zeit zu überbrücken.

■■

DER LETZTE SCHREI
NACH LEBEN

Der Privatlehrer hatte sich gerade für heute verabschiedet. Er war froh, dass die Stunde vorbei war. Alexa hatte noch reichlich Zeit bis zur Klavierstunde an der Musikhochschule. Der Fahrer würde sie rechtzeitig abholen. In ihrem Hirn wütete ein Orkan. Gern hätte sie mit einem Vertrauten gesprochen, aber es war niemand da. Ihr Vater ging in seiner Arbeit auf und die Mutter saß vermutlich hingebungsvoll in ihrer Orchesterprobe. Aber das waren in Alexa's Augen auch keine Vertrauten. Sie holte eine alte Puppe aus ihrem Zimmer, setzte sie auf einen Stuhl in der Küche und stellte sich vor, dass es ihr imaginärer kleiner Bruder wäre.

„Na, Schleimbeutel haste deine Hose wieder schön vollgeschissen? Die Nanny kommt ja gleich und wird dich sauber machen. Vati und Mutti konnten es ja nicht lassen noch einen Zombie zu zeugen. Sie wollten sicher gehen, dass ihre verkorksten Gene in allen Schattierungen weiterleben. Ich kann mir gut vorstellen, wie dein Vater sich bemüht hat einen hoch zu kriegen und Mutter sich vorstellte, dass sie von Gustav Mahler gefickt wird. Einfach eklig!

Jetzt sitzt du da, du Fleischwurst und weißt noch nicht, was dich alles erwartet. Sei froh!

Zuerst wirst du gerne auf dem Flügel herum klimpern, bis Mutter dir ihre erste Dosis Unterricht verpasst. Dann ist der Spaß vorbei. Keiner von den beiden Schwachmaten wird jemals danach fragen, welcher Weg für dich der Richtige sein könnte. Den Weg betonieren sie für dich.

Dann wirst du irgendwann denken, dass es das Schlimmste ist, was dir passieren konnte, aber es gibt noch Schlimmeres. Du wirst wenigstens immer genug Geld haben, um aus dem Wahnsinn auszubrechen, aber die meisten anderen Kinder sind arm und ihre Eltern haben nicht einmal einen Weg ihrer Wahl betoniert, sondern lassen dich im Schlamm verrecken. Ich weiß nicht, ob man irgendeinem Schuld zuweisen kann, aber es tut höllisch weh. So oder so. Das sollst du nicht erleiden müssen! Ruhe in Frieden, Schleimbeutel!"

Alexa riss der Puppe den Kopf ab und brachte sie in ihr Zimmer. Dort packte sie Kopf und Torso in einen Karton und schob ihn unter ihr Bett. Sie hatte ihren Plan sorgsam ausgearbeitet. Alles war vorbereitet. Noch eine Stunde Klavierunterricht und sie würde frei sein. Sie brauchte nicht viel einzupacken, denn sie hatte genug Geld in ihrem Bodysafe sich neue Sachen zu kaufen. Ein Rucksack mit einer Perücke und schäbigen Klamotten im Baggy Style war in der Hochschule deponiert. Keiner würde ihr jemals auf die Spur kommen.

Alexa's Professor war wie immer hingerissen von ihrem Spiel. Als die Stunde vorbei war, geriet Alexa in einen selten erlebten Freudentaumel. Sie ging ins Untergeschoss, wo sich die Spinde für die Studierenden befanden, nahm ihren Rucksack und zog sich auf der Toilette um. Mit der Perücke und den Klamotten war sie nicht mehr auf Anhieb erkennbar. So konnte sie unbemerkt die Hochschule verlassen.

Aus den Augenwinkeln sah sie noch den Fahrer, der auf sie wartete. Es war noch zu früh für den Zug nach Bozen. Sie schlug den Weg zum Karolinenplatz ein, passierte das Amerikahaus München und bog dann zum Maximiliansplatz ab. Vor dem Schaufenster von Steinway & Sons blieb sie stehen und starrte in den Verkaufsraum.

Dann stand plötzlich ein junger Mann neben ihr. Aus seinen Kopfhörern dröhnte Hip-Hop. Er schaute sie an und sagte: „Klavier ist scheiße!"

„Bullenscheiße," antwortete Alexa. Er nahm seine Kopfhörer ab und stülpte sie Alexa über: „Prinz Pi!".

„Geil", sagte Alexa, nachdem sie eine zeitlang zugehört hatte.

Der junge Mann nahm ihr den Kopfhörer wieder ab. „Wohnst du auch irgendwo?",

„On the road!"

„Gimmie Five!"

Alexa klatschte ab und der junge Mann zog weiter.

Es wurde langsam dunkel und Alexa machte sich auf den Weg zum Stachus. Es hatte angefangen zu regnen, deshalb fuhr sie das letzte Stück bis zum Bahnhof mit der S-Bahn. Sie betrachtete ihr ungewohntes Spiegelbild in der Fensterscheibe und sah im Hintergrund echte Menschen sitzen.

Jeder hatte sein eigenes Päckchen zu tragen. Die Dunkelheit und ihre Tarnung ließen am Bahnhof die Überwachungskameras ins Leere laufen. Sie bestieg den Zug nach Bozen.

Das war nur die erste Etappe samt einem romantischen Anflug von Kindheitserinnerungen. Danach sollte es weiter Richtung Süden gehen. Sehr weit!

■■

DIE GROßE EINFALT

Seit der letzten Sitzung bei Bodo war eine Woche vergangen. Alexis hatte nach Bodo's Plädoyer spontan eine Änderung seines Geisteszustands verspürt, aber keine Lust darüber nachzudenken. Das war neu!

In dieser Woche bekam alles, was er tat eine angenehme Leichtigkeit. Er genoss diesen Zustand. Seine Frau bezeugte zudem eine Änderung seiner Verhaltensweisen. Sie sagte, er sei zugänglicher geworden.

Natürlich war nun der Zeitpunkt gekommen, wo Alexis gar nicht anders konnte, als über den Grund nachzudenken, aber er suchte die Antwort auf eine neue Art. Sein entspannter Zustand musste vorher bereits mehrmals aufgetreten sein, sonst wäre er vermutlich bereits im Irrenhaus gelandet.

Ein Gefühl zu rekapitulieren brauchte keine Analyse, sondern nur Erinnerung. Und er wurde schnell massenhaft fündig. Er erinnerte sich an die wunderbaren Momente, wenn ein Konzert vorbei war. Und dieses schöne Gefühl brauchte nicht mehr, als dass es einfach vorbei war. Und da waren noch die schönen

Momente der Absagen. Es war dabei gleichgültig, ob er etwas abgesagt hatte, was selten vorkam, sondern auch die Absagen des Veranstalters. Das Ergebnis war immer das Gleiche. Er musste NICHTS tun!

Nun machte er die Gegenprobe. Ja, es gab auch Ereignisse, die ihm während des Tuns Spaß gemacht hatten, und sie häuften sich in der allerletzten Zeit. Also war er offensichtlich bereits auf dem Weg gewesen. Es brauchte nur noch die Stimme, die endgültig JA sagte. JA zu einer einzigen Möglichkeit und NEIN zu allen anderen denkbaren Möglichkeiten.

Die Welt war zwar vielfältig, doch Alexis durfte ruhig einfältig sein. Er formulierte noch schnell die entscheidende Frage, die er sich zukünftig stellen wollte, wenn er etwas plante: „Bist du bereit dafür?"

Dann machte er gleich die Probe aufs Exempel, indem er die Frage nachträglich auf alle Dinge anwendete, die er in letzter Zeit gemacht hatte und die Antwort war sehr oft: ‚NEIN!'.

Er wollte vor einiger Zeit bereits einen Spruch des persischen Dichters Saadi an seinem Arbeitsplatz aufhängen:

Alles ist schwierig, bevor es leicht wird.

Jetzt fertigte er einen neuen Ausdruck an und fügte hinzu:

Aber nicht alles wird leicht für DICH!

Zuletzt horchte er in sich hinein, was seine Seele dazu sagte. Sie jubilierte!

■■

EINE ENTSCHEIDUNG UND EIN WEITER SO

Elke und Hans gaben ihr Geschäft auf. Sie hatten beschlossen, ihre Ersparnisse nicht für einen vagen Traum zu opfern. Nach einer Zeit der Zweifel fügten sie sich in den Lauf der Dinge.

Bodo und Gudrun lebten weiter ihr gewohntes Leben. Sie waren sich noch näher gekommen. Bodo warf alle Visitenkarten weg und machte weiter seine Gelegenheitsjobs. Gudrun ging in ihrer Aufgabe als Lehrerin auf und war bei den Schülern noch beliebter als vorher.

ÜBER DEN AUTOR

Horst Grabosch wurde 1956 in Wanne-Eickel geboren und studierte bis 1979 Germanistik, Philosophie und Musikwissenschaft in Bochum und Köln. 1984 schloss er ein Studium zum Orchestertrompeter an der Folkwang-Musikhochschule in Essen ab. Bis 1997 arbeitete er als freiberuflicher Musiker und musste nach einem Burnout diesen Beruf aufgeben. Danach absolvierte er eine Umschulung zum Informationstechnologen bei Siemens-Nixdorf in München und arbeitete als freiberuflicher Informationstechnologe. Heute lebt er als Produzent von elektronischer Musik und Schriftsteller im bayerischen Oberland.

ÜBER ALEXIS ENTPRIMA

Die Figur des Alexis basiert auf biographischen Daten des Autors. Die Suche nach der Seele entspricht seiner Suche zum Zeitpunkt des Entstehens des Romans. Nachdem er sich vollständig verheddert hatte, erschien ihm die Einführung fiktiver Figuren in diese Suche als vielversprechend. So entstand dieser Roman.

Alexis Entprima ist auch eine existente Künstleridentität, die in Grabosch's musikalischen Spätwerk für elektronische Tanzmusik steht, und unter der bereits einige Titel erfolgreich veröffentlicht wurden. Die Doppelbödigkeit, die Bodo im Roman bei Alexis empfindet, hat auch reale Wurzeln, denn Alexis hat auch wiederum einen fiktiven Ursprung im Bühnenstück ‚From Ape to Human' des Autors. In diesem Tanzdrama ist Alexis eine künstliche Intelligenz, die Musikvideos nach einem vorgegebenen Plot in kürzester Zeit generieren kann. Die KI Alexis ist quasi eine fiktive Weiterentwicklung von Amazon's Alexa.

Alexis' Erreichen des Ziels bei der Suche nach der Seele im Roman entspricht auch der Wirklichkeit. Grabosch konnte mit seiner manchmal ausufernden Fantasie, die vielleicht kindlich naiv erscheint, und den vielen tief empfundenen Widersprüchen in seinem Leben nach Vollendung des Romans Frieden schließen.

Die Sucht der Prominenz nach Bewunderung und Bedeutung sieht er als Popanz, der einem zukünftigen Weltfrieden im Wege steht. Obwohl die überwältigende Mehrheit der Weltbevölkerung nichts sehnlicher wünscht als ein friedvolles und bescheidenes Leben, wird sie durch Propaganda und Ideologien fortwährend instrumentalisiert und in verfeindete Lager zerrissen. Ihre Suche nach den richtigen Führern auf dem Weg zum Frieden endet genau bei denen, die ihr eigenes Ego bis zur Lächerlichkeit aufblasen. Für viele Menschen endet es dann im Falle von politischen Führern tödlich.

ÜBER MUSIK

In diesem Roman spielt die Musik eine große Rolle. Kein Wunder, wenn der Autor 10 Jahre mit dem Studium der Musik an Hochschulen verbracht hat. Einige Hintergründe des Musikgeschäftes werden bereits in den Figuren von Alexis und Alexa sichtbar. Auch die Rolle des Musikhörers wird in der Figur Gudruns angerissen. Am Ende des Romans findet Gudrun zurück zu ihrer Gelassenheit, weil sie beispielsweise nicht weiter hinterfragt, warum sie eine bestimmte Musik mag, und warum sie etwas nicht mag. Es interessiert sie einfach nicht. Sie ist Musikkonsumentin und keine Musikerin.

Der Produzent von Musik, der von seiner Kunst leben will, steht aber vor der Aufgabe einer Gudrun seine Kunst zu verkaufen. Nun soll Kunst möglichst unbestechlich sein, was sich vordergründig mit Marketing reibt. Unbestechlichkeit und Erfolg zu verbinden ist eine schwierige Aufgabe. Der gerade angeklagte Popanz führt in der heutigen Medienlandschaft oft zur Prominenz und ist damit ein Erfolgsfaktor.

Im Falle der jungen Pianistin Alexa übernehmen Dritte das ‚Drecksgeschäft'. Die klassische Musikszene wird von bedeutungsschwangeren Figuren beherrscht, die an allen Fäden der Propaganda ziehen, um das Geschäft am Leben zu halten. Ohne massive öffentliche Zuschüsse wäre klassische Musik längst eine Randerscheinung. Unsere Alexa spürt diesen Widerspruch und entscheidet sich für die Flucht aus dieser streng reglementierten Scheinwelt.

Erst mit dem Siegeszug des Jazz am Anfang des 20. Jahrhunderts verlor die klassische Musik nach und nach ihre Vormachtstellung, die seit der ersten Oper von Monteverdi fast 400 Jahre Bestand hatte.

Bis zur Jahrtausendwende entwickelten sich aus dem Jazz/Blues die noch überschaubaren Genres Pop, Rock, Funk/Disko, Metal und schließlich Hip-Hop. Jedes Genre spaltete sich wie bei einer Baumkrone in immer mehr Äste auf, bis schließlich mit Einzug der elektronischen Klangerzeugung der weiteren Verästelung Tür und Tor geöffnet wurden.

Der Konsumentenkuchen muss fortan mit immer mehr Produzenten aus verschiedenen Lagern geteilt werden. Da es natürlich dabei um Geld geht, wird die Gangart im Markt martialischer und der Popanz übernimmt die Regie. Wie bereits Roger Willemsen formulierte, teilen dabei die Bedeutungsträger ‚wertes von unwertem Leben'.

Das ist politisch und keinesfalls mehr unbestechlich. Wie aber kommt der Künstler aus dieser Falle heraus?

Genau diese Frage stellte sich der Autor dieses Buches indem er nach seiner Seele suchte. Sein Werdegang begann noch in der Ära der klassischen Musik, doch der Jazz hatte bereits einige populäre Spielfelder erobert. Dann kamen die Beatles und Rolling Stones. Die westliche Musikwelt veränderte ihr Gesicht. Allerdings blieben die Marktmechanismen die gleichen wie vorher. Die mächtigen Plattenfirmen erweiterten einfach ihr Angebot und verteilten Investitionen und Erlöse intern neu.

Der Autor war als Trompeter Zulieferer der institutionellen und erfolgreichen Marktteilnehmer und lebte gut davon. Sein Einkommensmodell unterschied sich grundsätzlich kaum von dem eines Mozart, der als Günstling von Königs- und Fürstenhäusern seinen Lebensunterhalt verdiente. Die erbrachte Gegenleistung musste dem Bedarf des Geldgebers entsprechen, und war damit nur mittelbar ein Angebot an ein öffentliches Publikum.

Im Laufe der letzten 20 Jahre ist dieses Marktmodell durch den Siegeszug der digitalen Musikverbreitung immer mehr zusammengebrochen. Die Plattenindustrie schmolz auf drei große Labels zusammen, die den kostspieligen Aufbau neuer Künstler immer mehr einstellte. Jetzt übernahm der Popanz die Kontrolle. Nur wer bereits einen hohen Grad an Prominenz nachweisen konnte, wurde noch werblich unterstützt. Die nachwachsenden Künstler wurden auf ein ‚Do It Yourself' - Modell verwiesen, was bedeutet, dass sie

ihr Marketing in der Anfangsphase selbst übernehmen sollten. War eine gewisser Bekanntheitsgrad erreicht, waren sie zu Investitionen bereit.

Es dürfte jedem geneigten Leser klar sein, was das
für den Anspruch unbestechlicher Kunst bedeutet. Es
ist der Abgesang von Talent und künstlerischer Leidenschaft. Oder sagen wir vielleicht weniger dramatisch, dass Talent eine neue Bedeutung bekam. Talent
war jetzt ein ein Gesamtpaket der Selbstdarstellung,
und dieses Gesamtpaket musste ein zahlendes Publikum ansprechen. Der Mythos von ‚Guter Musik‘ zer-
brach wie der Mythos vom ‚Guten Buch‘.

Der scharfe Beobachter des Weltgeschehens kann
nun deutliche Parallelen zur aktuellen Beschaffenheit
der Gesellschaftsmodelle erkennen. Auch Kapitalis-
mus, Kommunismus, Religionen und andere Ideologien verlieren ihren Mythos und verkommen zum Popanz. Letztlich sollten die Menschen mit ihren Be-
dürfnissen und Vorlieben der einzige Maßstab sein,
doch sie werden bis zum Anschlag manipuliert. Die
Musikindustrie erledigt das mit Geld. Die mächtigen
politischen Führer haben zusätzlich Waffen, mit denen sie ihre Ideologien todbringend verteidigen.

Wer das so sieht, der darf nicht der guten alten Zeit
der hehren Kunst nachjammern, denn entweder bestimmt der Hörer oder ein Manipulator was die Musik
spielt - Demokratie oder Autokratie. Jede Einschrän-
kung der Demokratie ist ein Ausverkauf der Idee. Al-

lerdings braucht Demokratie auch mündige Bürger, die sich frei informieren können. Ist das gewährleistet, so muss man wohl den Dingen ihren Lauf lassen. Was bedeutet diese Erkenntnis nun für Alexis' Künstlerseele?

Bodo hat im Roman Alexis ohne intellektuelle Absicht vorgeführt, dass er unterbewusst einer Zeit nachhängt, in der Bedeutungsträger Maßstäbe definierten. Alexis' Seele hatte das bereits erkannt, denn er empfand seine erste Musikerkarriere, in der er von diesen fremden Maßstäben profitierte, als erfolglos.

Allerdings waren diese Maßstäbe tief in Alexis' Denkmustern verankert. Jetzt wo er weitgehend von finanziellen Zwängen befreit war, brach sich eine unbestechliche künstlerische Kreativität Bahn, die per se immer auch naive Züge hat. Seine eigenen Songs gefielen ihm, doch er suchte vergeblich nach einer zusätzlichen Rechtfertigung.

Nach den Gesprächen mit Bodo erkannte er, dass er schon längst mit seiner Seele im Einklang war. Jetzt galt es nur noch den Dingen ihren Lauf zu lassen. Die ungeliebte Selbstvermarktung verlor ihren Schrecken, als er er verstand, dass es nur ein Angebot an ein Publikum war: ‚Hallo, hier bin ich, und das ist meine Musik!'.

DIY (Do It Yourself) ist zwar aufwändig, aber grundsätzlich ziemlich einfach - wenn man erkannt hat wer man eigentlich ist.

MUSIK HÖREN - BEZUGSQUELLEN

Dank der digitalen Musikverbreitung sind die Möglichkeiten die Musik von Horst Grabosch zu hören, zahlreich. Sie ist auf mehr als 50 Musikservices verfügbar, u.a. Spotify, Apple Music, Amazon Music, Soundcloud u.v.a.

Grabosch arbeitete bis 2021 unter verschiedenen Künstlernamen, aber mittlerweile sind alle Titel auch unter seinem bürgerlichen Namen zu finden.